Memminger Tabernakel

1. UNTERALLGÄU-KRIMI

ABENTEUER-ROMAN

VON JOHANNES HOHENHAGEN

Impressum:
Herstellung und Verlag:

BoD – Books on Demand, Norderstedt

ISBN: 978-3-7583-8353-3

1. Auflage, © 2024

Inhaltsverzeichnis:

1. Das Rätsel:

„Schaut mal, was da heute Komisches in der Memminger Zeitung steht", meinte Sebastian zu seinem Freund und Kollegen Jens.

Jens Fischer war ein Mann der sich für alles Außergewöhnliche interessierte und gerne hinter den „Fassaden schnüffelte", wie er sich auszudrücken pflegte.

Gemeinsam mit seinem alten Schulfreund Sebastian Rabe hatten sie mit zwei Mitkommilitonen die Fantasy-Rollenspielwelt „Mittelalter 1183" vor drei Jahren gegründet.

Dort schlüpfte jeder in eine andere Rolle hinein.

Man konnte dann so sein, wie man wollte.

Dementsprechende Alter Egos hatten die beiden sich auch zugelegt:

Aus Jens wurde Hugo von Welfensohn, ein adliger Ritter, der alles Unrecht bekämpft und sein Schwert nur in den Dienst der Gerechtigkeit stellt. Sebastian hingegen wurde zu Johannes vom Berg. Er liebte Berge über alles und mit seinen 1,90 m Größe, den schulterlangen gelockten Haaren hatte er auch das richtige Aussehen

3

für die Rolle, ganz zu schweigen, von den vielen Verehrerinnen, die er hatte, seit sich an der Uni herum gesprochen hatte, dass er wieder zu haben war.
Allein Susanne Schäfer, seine Mitkommilitonin und auch Mitstreiterin beim Rollenspiel hatte keine Augen für ihn. Sie war Patricia von Hohenstein. Ihre blonde Löwenmähne konnte sie nur mit diversen Kämmen und Spangen bändigen. Bei ihrer Größe von 1,70 Meter und ihrer Modelfigur schauten ihr viele Männer hinterdrein, wenn sie unterwegs war. Aber ihr Herz gehörte dem Vierten im Bunde. Egbert Mühleisen, kurz Ecki genannt, liebte sein Alter Ego Jonathan von Greifenberg.
Und so kam es nicht selten vor, dass sie sich auch mit ihren Rollennamen riefen.
Seit kurzem benutzten sie ihre Rollennamen für ein weiteres Projekt: Geocaching. Das ist eine Art Schnitzeljagd mit GPS-Geräten.

„Was ist denn los, Jensi?" fragte Sebastian.

„Lies selbst und urteile dann", meinte dieser nur und hielt Sebastian die Zeitung hin.

Dort war ein Artikel dick umrandet worden von seinem Freund Jens.

„47.98575 10.17247 - 2652122"

„Was soll das denn bitte schön?" fragte Jens, nachdem Sebastian ihn mit großen Augen angesehen hatte.

4

Der 23-jährige Sebastian zuckte mit den Schultern und gab Jens die Zeitung zurück.

„Ich werde es unseren beiden Turteltauben auch zeigen, wenn sie gleich eintreffen."
Eine halbe Stunde später waren die vier vollzählig zu ihrem wöchentlichen Rollenspiel-Abend versammelt.

Jens holte die Zeitung hervor und zeigte die seltsame Anzeige seinen Freunden.

Die beiden studierten sie und schauten zuerst ratlos nach unten.

„Und wenn wir meinen Nachbarn, den Pastor fragen?" meinte Susi, wie sie genannt wurde.

„Gute Idee!"

Sebastian ging zum Telefon und holte es her. Das Kabel war glücklicherweise lang genug.

Er konnte Mobiltelefone und Handys nicht leiden!

Er war vom lieben Gott mit einer super sensitiven Ader ausgestattet worden. Jede Strahlung spürte er sofort und so war alles aus seiner Wohnung verbannt, was auch nur die kleinsten Zeichen von Elektrosmog anzeigte.

Susanne wählte die Nummer des Pastors.

„Pastor Mühlenfeld, was kann ich für Sie tun?" meldete er sich ordnungsgemäß.

„Grüß Gott, Herr Pastor", antwortete Susanne.

„Hier spricht Susi, ihre Nachbarin von gegenüber. Haben Sie vielleicht heute schon die Zeitung gelesen?"
Der Pastor schmunzelte am anderen Ende der Leitung.

„In der Tat, Susi, in der Tat! Du spielst sicherlich auf diese sonderbare Anzeige mit den Zahlen an, gell?" fragte er.

„Das stimmt! Werden Sie daraus schlau?"

Pastor Erwin Mühlenfeld war ein besonnener, ruhiger Mensch, der aber ein seltsames Hobby hatte. Das Lösen von kniffeligen Problemen aller Art. Selbstredend, dass er schon als Bub neben den obligatorischen Karl May Romanen auch alle Abenteuer von Sherlock Holmes und Dr. Watson begierig verschlungen hatte.
Gerne hätte er auch einmal so einen Fall gelöst.

Susanne war mit ihren 22 Jahren die Jüngste in der Rollenspiel Runde und war Pastor Mühlenfeld schon seit ihrem Konfirmationsunterricht bekannt. Deshalb duzte er sie auch immer noch. Sie mochte den 60-jährigen, drahtigen Mann etwa wie einen Großvater.

„Ich habe da eine Idee", meinte er zu Susanne.

„Und die wäre?" fragte sie interessiert zurück.

„Nichts fürs Telefon. Wann hast du oder besser ihr vier Zeit?" fragte er zurück.

Mühlenfeld wusste, dass die vier Freunde wöchentlich jeden Sonntag ihre Fantasy Mittelalter Welt ins Leben riefen.

„Moment, Herr Pastor", sagte sie und hielt die Muschel des Hörers zu.

„Sollen wir heute ausfallen lassen?" Pastor Mühlenfeld hat eventuell eine Idee. „Ihr wisst doch, er fährt voll auf Zahlenrätsel und so was ab…"

Die vier beratschlagten kurz und kamen dann zum Ergebnis, dass die heutige Runde ausfallen konnte.

Das Rätsel war spannender!

„Gut, Herr Pastor. Sollen wir zu Ihnen kommen oder Sie zu uns hier bei Sebastian?" fragte Susanne.

„Wenn es euch nichts ausmacht, dann kommt doch zu mir nach Benningen", sagte der Pastor.

„Gut wir fahren gleich los. Von Ottobeuren bis zu Ihnen dauert es etwa 15 Minuten."

„Fein, dann bis gleich.“

Der Pastor legte auf.

Erwin Mühlenfeld war gerade erst umgezogen. Seit drei Monaten war er im Vorruhestand und genoss jetzt sein neues Leben!

Sebastian war der Einzige, der in Ottobeuren wohnte. Susi wohnte vis-a-vis von Erwin Mühlenfeld und Jens und Ecki in Memmingen.

Es lag zwar schon Schnee, aber für November war es noch nicht zu kalt. Die Straßen waren frei.

13 Minuten später erreichten die vier jungen Leute das kleine Haus des Pastors.

Er begrüßte alle vier mit herzlichem Handschlag.

„Wo ist denn Hermine?“ fragte Susi.

„Ach, Sie ist bei Verwandten unterwegs. Sie wird bestimmt bald zurück sein.“

Erwin Mühlenfeld schmunzelte.
„Die Gute geht viel zu selten aus dem Haus. Ich gönne ihr die freie Zeit von Herzen.“

Hermine Klein, 58 Jahre alt, war die Haushälterin des Pastors. Sie war schon viele Jahre bei ihm. Trotzdem hatte sich nie etwas zwischen ihnen abgespielt.
Seit dem Tod seiner Frau Helga hatte der Pastor kein Interesse mehr an einer Beziehung gehabt und sich neben seinem Beruf als Pastor, sich seinem Hobby der Kriminologie, wie er es nannte, verschrieben.

Da die Ehe kinderlos geblieben war, kümmerte er sich fast väterlich in den vielen Jahren um seine Schützlinge, die jährlich zum Konfirmandenunterricht kamen.

Sein großes Geheimnis aber durfte er nicht laut kundtun, obwohl es viele aus seiner „Herde" wussten. Er war fest davon überzeugt, dass es Reinkarnation gab, nur durfte er offiziell nicht darüber sprechen.
Seit er vor einem halben Jahr einen gebrauchten, guterhaltenen Computer bekommen hatte, war sein Leben wie verändert.
Ecki hatte ihm einen „Crash Kurs" gegeben und mit viel Fleiß hatte der 60-jährige das nötige Fachwissen antrainiert, um diesen auch benutzen zu können.

Vor allem ungeklärte Morde, Geheimniskrämereien und Verschwörungen hatten es ihm angetan.

„Ich habe einen möglichen Ansatzpunkt, liebe Freunde", begrüßte er die vier jungen Leute.

„Was denn für einen?" fragte Sebastian interessiert.

„Setzt euch erst einmal. Ich habe dort einige Flaschen Mineralwasser und zwei Flaschen Apfelsaft sowie fünf Gläser hingestellt. Bedient euch ruhig."

Nachdem alle saßen, begann er zu reden:
„Also, ihr wisst, dass ich mich mit außergewöhnlichen Dingen beschäftige. Auch die Secondhand Läden in Memmingen sind für mich immer eine Goldgrube. Neulich las ich ein Buch über Numerologie. Kennt ihr so etwas?"

Sebastian und Jens nickten.

Susanne und Ecki schauten überrascht drein.

„Aha, ihr beiden wisst also nicht, wovon ich spreche. Nun gut, dann werde ich kurz ein wenig darüber sprechen", sagte er.
„Also: Bei der Numerologie geht es darum, dass jeder Zahl ein Buchstabe zugeteilt wird.

A=1 bis I=9 und dann wieder mit J=1 bis R=9 und dann der Rest des Alphabets beginnend mit S=1.

Ihr seht also, es ist im Prinzip ganz einfach…"

„Ich glaube, wir schreiben es uns auf einen Zettel auf, dann ist es besser nachzuvollziehen, was Sie meinen", sagte Susanne.

Der Pastor nickte.

„Gute Idee", und holte mehrere Zettel, die er verteilte.

Er sagte kurz noch einmal die Bedeutung und dann fuhr er fort:

„Ich hatte zuerst eine Gänsehaut bekommen, als ich mir die einzelnen Zahlen und dann ihre Zuordnung ansah... Die vorderen Zahlen bedeuten etwas anderes als die hinteren, denn mit denen kann ich etwas anfangen. Den vorderen noch nicht..."

Sebastian unterbrach ihn.

„Was ergibt sich denn aus den hinteren Zahlen?"

Die vier schauten den Pastor ungeduldig an.

„Ich denke, die Zahlen entschlüsselt zu haben, die im hinteren Teil standen.
Passt einmal auf", sagte er und kratzte sich hinter dem linken Ohr.

„Also, dort steht: **2652122**!
Die Zahl 2 bedeutet die Buchstaben B, K oder T. So fing ich an. Heraus kam das Wort KONTAKT, was ich auch recht logisch finde...

Ich habe alle möglichen Kombinationen durchprobiert, aber nur diese Eine scheint schlüssig zu sein."

Sebastian und Jens schmunzelten und nickten dann.

„Aha, ihr denkt auch, da kommt was auf uns zu?" fragte Mühlenfeld.

„Ja, so was könnte durchaus sein", meinte Jens.

Erwin Mühlenfeld übernahm wieder das Wort.
„Das vordere sagt mir etwas, nur was…"

Susanne grinste plötzlich und holte ihr tragbares Navigationsgerät heraus.
„Na klar, das ist es! Das sind Koordinaten, logo!"

Alle schauten sie verblüfft an.
„Darf ich mal ihren PC benutzen, Herr Mühlenfeld? Ich muss die Daten für mein Navi kurz in Stunden und Minuten umrechnen."

Der Pastor nickte.

Wenige Minuten später kam eine grinsende Susanne zurück. „Ich hab´s!"

Sie zeigte das Navi in die Runde und sagte:
„Diese Daten kamen dabei heraus:

N 47° 58.846 W 010° 10.925

Ich habe es auch schon im Internet gefunden. Stellt euch vor, das ist das Kempter Tor in Memmingen."

„Kempter Tor, echt?" fragte Jens.

„Moment, Leute", mischte sich der Pastor ein.

„Das Kempter Tor wird zwar jetzt weniger frequentiert als früher, hat aber noch eine bedeutende Aufgabe. Ich habe einmal über das mittelalterliche Memmingen eine Abhandlung gehalten. Moment, ich hole sie eben."

Dann stand er auf und verließ den Raum. Als er zurückkehrte, grinste er und las laut vor, was dort im Ordner stand:

„Das Kempter Tor steht an der Südseite der Altstadt und erfreute sich einer großen Beliebtheit. Glücklicherweise ist bei dem Tor noch ein Stück des historischen Wehrgangs, der sogenannten „Hohen Wacht", erhalten geblieben. Von allen Memminger Stadttoren der zweiten Stadterweiterung hat nur das Kempter Tor seine ursprüngliche Gestalt behalten. Das schmale, hohe Tor trägt ein Satteldach. Auf der Südseite und auf der Innenseite trägt es im Giebel jeweils eine Uhr, flankiert vom Reichsadler und Stadtwappen. Auf einer Ausbuchtung der Außenseite umrahmt das doppelte Stadtwappen ein kleines Fenster. Die Innenseite ist mit Ausnahme der Uhr rosa angemalt.
Um 1390 wurde die heute noch in weiten Teilen vorhandene Stadtmauer erbaut und 1395 das Kempter Tor als südlicher Ausgang vollendet. Die dort ansässigen Weber, Gerber und auch das unreine Viertel mit Scharfrichter und Hurenhaus wurden mit einem massiven Bollwerk beschützt. In der langen Reihe von

Stadtbelagerungen und Stadteinnahmen griffen die Truppen lieber im Westen an, denn das Kempter Tor war durch die hohen, wuchtigen Bollwerke vor dem Tor, dem Flankenschutz der Hohen Wacht und dem tiefen Wassergraben schwer einzunehmen. Dadurch wurde es auch nie zerstört. Es hat neben dem Ulmer Tor die typische schwäbische hohe, schlanke und dennoch massive Giebelbauweise der damaligen Zeit. Im Mittelalter wurden die zum Tode-Verurteilten durch dieses Tor zum Galgenberg vor den Toren der Stadt geführt. Begleitet wurden sie von dem schrillen Klang der Armsünderglocke von St. Martin. Von der Mitte bis zum Ende des 19. Jahrhunderts wurden viele Teile der Stadtmauer abgebrochen, teils auf Wunsch der Stadtbevölkerung, teils wegen des Eisenbahnbaus. Nachdem 1863 das Notzentor verschwunden war, wollte auch die südliche Stadt von der engen Durchfahrt des Kempter Tores befreit werden. Die Bezirksregierung in Augsburg verbot jedoch den Abbruch, erlaubte allerdings einen Mauerdurchbruch neben dem Tor. 1893 wurde rechts neben dem Tor diese zweite Toreinfahrt geschaffen.

„Das ist zwar alles hochinteressant, aber wie hilft uns das weiter?" fragte Ecki.

Jens lachte. „Ich glaub, ich weiß was Herr Pastor meint", sagte er lächelnd.

„So ist es, Jens", meinte Mühlenfeld. „Ich möchte euch bitten, zum Kempter Tor zu gehen. Dort soll ja der Kontakt stattfinden!"

Die vier Freunde nickten.

Der Pastor begann weiter zu sprechen: „Ecki und Jens gehen hin und wir beobachten aus dem Hintergrund was geschieht. Lasst vorsichtshalber eure Handys an."

Alle nickten.

„Das ist im Augenblick der Stand der Dinge", sagte er.

Die Freunde waren einverstanden. Die fünf fuhren mit Ecki´s Auto bis in die Nähe des Kempter Tors. Dann stiegen Jens und Ecki aus und schlenderten auf das Tor zu. Jens stellte sich so, dass man ihn sehen konnte und Ecki suchte alles unauffällig mit seinen Augen ab.

Susanne hatte plötzlich eine Idee! Sie flüsterte diese dem Pastor ins Ohr und dieser nickte dazu. Susanne stieg aus und ging auf die Freunde zu. Sie hatte ihr tragbares GPS-Gerät angeschaltet und ging genau zu den durchgegebenen Koordinaten.

Sie stand jetzt genau im Tor. Sie schaute sich um und plötzlich grinste sie und griff in eine Mauerritze.
„Bingo!" sagte sie und gab den beiden Freunden einen Wink, ihr zurück zum Auto zu folgen.
Als alle saßen, rückte sie mit der Sprache raus:

„Wir haben es hier mit einem Geocacher zu tun. Ich habe gerade die kleine Filmdose genau dort gefunden, wo die Koordinaten waren. Moment, ich öffne sie!" Dann vollführte sie geschickt eine Bewegung und das schwarze Filmdöschen war offen. Im Inneren war ein weiterer Zettel mit Koordinaten und wiederum ein Numerologie-Rätsel.

Pastor Mühlenfeld nahm den Zettel entgegen, als ihn Susanne ihm reichte.
„Ist das jetzt nur Spielerei oder ernst?" fragte er leicht besorgt.
„Lasst uns die Koordinaten und den Text entziffern, dann sehen wir weiter", warf Jens ein.

Der Pastor setzte seine Lesebrille auf und holte seine Numerologie-Umrechnungstabelle hervor.

Nach 15 Minuten gaben sie auf und fuhren zurück in Mühlenfelds Haus. Susanne hatte vorher nur noch die Filmdose wieder an ihren Platz zurückgelegt. Dabei achtete sie darauf, dass sie niemand sah. Das war so eine Art Ehrenkodex der Geocacher.
„So, alles „muggelsicher" wieder an Ort und Stelle zurückgelegt", meinte sie grinsend.

Da der Herr Pastor etwas überrascht blickte, warf Ecki ein:
„Muggel sind Menschen, die vom Geocaching nichts wissen oder halten und das Versteck nicht unbedingt

sehen oder finden müssen, da es ja eine Art Spiel ist und andere Geocacher auch das Rätsel lösen oder einfach nur aus Spaß an der Freude den Cache finden möchten."

Mühlenfeld schüttelte den Kopf: „Ihr jungen Leute mit eurer komischen denglischen Sprache…"
Die vier Freunde mussten daraufhin lächeln…

„Susanne, kannst du die neuen Koordinaten entziffern?"

„Gerne", sagte sie und ging Richtung Computer.
Als sie zurückkehrte schaute sie etwas überrascht:

„Es ist das Lindauer Tor, hier in der Nähe…"

„Hört, hört, das klingt ja interessant!"
Mühlenfeld war ganz in seinem Element!

„Ich denke, ich habe das Wort dazu entschlüsselt. Es lautet: **Gefahr**! Die Zahlen sind: **756189**."

Alle nickten wortlos.

„Sollen wir zu den Koordinaten hinfahren?" fragte Ecki.

Sebastian schaute ihn an.

„Am besten wäre es sicherlich, wenn Susi ihren Laptop dabei hätte, dann wäre der mühsame Weg des Errechnens hier im Haus nicht mehr…"

„Sollten wir erst morgen früh weitermachen?" fragte Ecki.

„Ich fahr da jetzt hin. Ich nehm mein GPS mit und dann sehen wir weiter."
Susanne hatte das so gesagt, dass sie keinen Widerspruch duldete.

„Wir fahren alle Mann, ja?"

Jens hatte das darauf gesagt, als wäre es das Natürlichste von der ganzen Welt.

Gemeinsam fuhren sie Richtung Lindauer Tor...

Susanne und Ecki gingen zu den genauen Koordinaten und fanden wieder eine Filmdose, als sie sich bückten, denn sie war an der Seite gut vor neugierigen Blicken verborgen. Ecki schrieb die Zahlenkombinationen ab und die Dose wurde wieder dort platziert, wo sie gefunden worden war.
Man fuhr wieder zurück ins Haus des Pastors.

Susanne begann am Computer die Daten erneut umzuwandeln für ihr GPS-Gerät.

„Alter Schwede!" entfuhr es ihr.

„Dreimal dürft ihr raten!"
„Das Westertor!" meinte Sebastian grinsend.

„Jepp! Der Kandidat hat 100 Gummipunkte", sagte Susi scherzhaft lachend.

„Die Botschaft ist aber nicht zum Lachen" antwortete der Pastor kurze Zeit später.

„Ich denke, das Wort heißt: **<u>Lebensgefahr</u>**!"

Alle schluckten hörbar!

„Wir sollten heute nichts mehr machen. Morgen mit Laptop und neuer Frische, wenn ihr möchtet."

„Ich kann die Vorlesung morgen ausfallen lassen", sagte Ecki.
„Dann bis morgen, Leute" meinte Mühlenfeld und brachte die vier jungen Leute zur Tür.

Sie verabschiedeten sich und Sebastian fuhr los, um schnell nach Ottobeuren zu kommen.

2. Eine knifflige Aufgabe

Jens fieberte am nächsten Morgen der neuen
Rätselaufgabe entgegen.
Während er darüber nachdachte, trank er seinen
schwarzen Kaffee ohne Milch und Zucker.
Er wusste, dass Gesundheitsfanatiker Sebastian ihm
jedes Mal eine dezente Anspielung zurief, dass Kaffee
ungesund sei. Aber er hatte sich ja erst vor kurzem das
Rauchen abgewöhnt. Alles auf einmal ging halt nicht…
Plötzlich stoppte Jens!
Er hatte die Memminger Zeitung aufgeschlagen und da
stand schon wieder etwas!

813252 5338 9131

„Weißt du, was das bedeutet?" fragte er Sebastian, als
sie sich in der Mensa darüber unterhielten.

„Unter Umständen schon, aber wir sollten zuerst den
Pastor mit einbeziehen. Er hat mehr Erfahrung auf dem
Gebiet als wir."

Nach der Uni trafen sie sich und der Pastor war nach
dem Telefonanruf mit Susanne hocherfreut, die vier so
schnell wieder zu sehen.

„Grüß Gott, Herr Pastor", meinte Susanne als Erste, als
die vier beim Pastor ins Haus gingen.

„Wissen Sie, was das bedeutet?"

Jens schaute ihn skeptisch an.
„Ich glaube schon, Jens."

„Was denn?" fragte Ecki.

„**HALTET EUCH RAUS**"

„Meint ihr, er hat uns belauscht oder beobachtet?"
Susanne sagte das so in die Runde.

„Hmm, es war ja schon etwas später. Vielleicht meinte
er auch jemand völlig anderen. Bedenkt, wie kurz die
Zeiten sind, an denen etwas in die Zeitung gegeben
werden kann", sagte Sebastian.

„Kann schon sein. Wir sollten vorsichtig weiter tüfteln,
was meint ihr?" fragte Susanne.

„Glaubt ihr, er weiß, dass wir am Fall dran sind?"

„Klaro!" Jens sagte das mit überzeugender Stimme.

„Und wenn er gewalttätig wird?" fragte Susanne.

„Das glaube ich nicht", meinte Jens.

„Dann lasst uns die Koordinaten beim Westertor
aufsuchen."

Susanne fand dort mit Sebastian zusammen eine weitere Filmdose. Nachdem alles abgeschrieben und die Dose wieder vorsichtig an Ort und Stelle gelegt war, traf man sich im Auto zum Entziffern des nächsten Ortes.

Susannes Laptop war schnell genug und sie hatte ausreichenden Empfang und so konnte der nächste Ort entziffert werden: das ULMER TOR!

Der Pastor grinste schelmisch und meinte nur, dass er sich so etwas schon gedacht hatte...

Dann begann er den Zahlencode zu entziffern.

Als er endlich fertig war, sagte er mit sorgenvoller Miene: „Wir müssen auf den Friedhof!"

3. Das erste Treffen

Am nächsten Morgen las Jens wieder einmal zuerst die Zeitung. Er hatte unruhig geschlafen und fieberte der Zeitung regelrecht entgegen. Da stand der nächste Text:

MINUS 2
UTINBURA
WER BANNT WEN?
WWW

Jens kratzte sich ärgerlich den Schädel. Was sollte das denn schon wieder? Von der Mensa aus rief er den Pastor an. Dieser erklärte ihm, das Utinbura der alte Name von Ottobeuren ist und so wurde für 16 Uhr in Ottobeuren an der Basilika ein Termin ausgemacht. Der Friedhof musste warten...
Pünktlich waren alle zur Stelle.

Pastor Mühlenfeld hatte seine Haushälterin Hermine Klein mitgebracht, denn sie chauffierte ihn auch. Den Führerschein besaß der gute Mann zwar, aber er war sehr schaltfaul und sich auf Automatikautos umzugewöhnen, behagte ihm so ganz und gar nicht. Deshalb hatte er mit seiner Haushälterin vereinbart, dass sie fährt, wenn etwas zu unternehmen sei.
Den geräumigen Volvo zu lenken, machte ihr Spaß, nur das Einparken in der Memminger Innenstadt war nicht immer so einfach...

„Meine lieben jungen Freunde", begrüßte Mühlenfeld die vier freundlich.

„Wie ihr seht, fährt mich Hermine heute."

Es gab ein kurzes Nicken und Hermine blieb im Auto sitzen.

„Der heutige Rätselteil bezieht sich auf Ottobeuren. Ich denke, dass der Bannwald gemeint ist. Wir sollten dort mit dem Auto hinfahren und schauen, ob dort ein Hinweis für uns ist."

Sie setzten sich in den Volvo und den BMW von Jens und schon ging es Richtung Bannwald.

Schon nach wenigen Minuten war der Parkplatz vor dem Bannwald erreicht.

Es dämmerte schon leicht. Es war niemand zu sehen. Kein Spaziergänger oder Jogger war unterwegs. Sie verließen die Autos bis auf Hermine. Sie bestand darauf, zu warten.

Sebastian sah einen Zettel, der orangefarbig war, am Boden liegen. Instinktiv hob er ihn auf. Dort war in grüner Schrift ein Pfeil abgebildet.

„Ist das jetzt ne Schnitzeljagd, oder was?" fragte Susanne.

„Könnte sein", meinte Sebastian.

„Da es nur diese eine Richtung in den Wald geht, folgen wir ihm einfach."
Sebastian ging voran und die anderen folgten ihm.

Jens griff in seinen Rucksack, den er mit dabei hatte und zog eine Taschenlampe hervor.
„Falls es dunkel wird, bevor wir zurück sind."

Die anderen nickten und folgten ihm. Sie gingen etwa 1000 Meter geradeaus, als ein orangefarbener Zettel in einer Klarsichtfolie halb verdeckt an einem Baum, ziemlich weit unten, befestigt war.

Sebastian bückte sich.
„Der Pfeil zeigt nach oben. So´n Mist. Kraxeln wollte ich heute eigentlich nicht", schimpfte er.

„Basti, der beste Kletterer der Schule", grinste Jens.

„Hau rein, Alter, bevor es dunkel wird." Jens lachte.

Murrend begann Sebastian an der Buche hinauf zu klettern. Es klappte besser als erwartet.

„Hier ist etwas!"
Sebastian zeigte ein kleines Mäppchen, welches er dort gefunden hatte.

„Komm herunter, aber vorsichtig", meinte Pastor Mühlenfeld.

Als Sebastian wieder unten war, leuchtete Jens mit der Taschenlampe, da es schon bedenklich dämmerte.

„Da ist eine geschriebene Nachricht", sagte Susanne, als Sebastian sie auseinander faltete.

„PERCHTEN KOMMEN BALD
WERDEN GESCHEHEN WIEDER GUTMACHEN
AN DENEN DIE UNGLÜCK HERVORRIEFEN
NEHME SOLANGE DIE
BIS ALLES GERÄCHT IST
WWW"

„Was soll das denn bitteschön?" Jens war ratlos!

„Gehen wir zurück zu den Autos. Hier wird es langsam zu dunkel."
Der Pastor drehte sich um und setzte sich in Bewegung.

Nach einigen Minuten hatten sie die Autos erreicht.
Die Fahrertür des Volvo stand offen.
Hermine war verschwunden...

4. DER BÜCHERWURM

Heinrich Forster war ehemaliger Geschichtslehrer.
Seit seiner Pensionierung hatte er große Langeweile.

In seinem Haus in Bad Grönenbach befand sich eine
riesige Bibliothek. Etwa 18.000 Bücher nannten sich sein
Eigentum. Forster ging über jeden Flohmarkt im Umkreis
von 100 km und auch notfalls bis Konstanz oder Füssen.
Kein Weg war ihm zu weit, um an seine geliebten
Schätzchen zu kommen. Zwei Drittel seines 150 m²
großen Hauses waren mit Bücherregalen vollgestellt.

Wer jetzt aber dachte, dass Forster wie ein „Messi"
hauste und die Bücher einfach nur in den Regalen
standen, der irrte gewaltig!
Alle waren akribisch sortiert und nach Alphabet
geordnet. Dank eines modernen Laptops war er immer
flexibel und konnte auch schon einmal das eine oder
andere Buch im Internet in Antiquariaten finden.
Sein „Steckenpferd", also sein bevorzugtes
Lieblingsthema, war das Mittelalter und die Zeit bis etwa
1500. Gerne hätte er in einem Mittelalterfilm einmal
eine Hauptrolle gespielt, aber das würde wohl nur ein
Traum bleiben. Mit seinen 1,57 Meter Körpergröße, der
beginnenden Glatzenbildung und dem „Rettungsring"
um die Hüften, sah er eher wie ein Durchschnittsmann
um die 60 aus, als wie ein Filmstar. Sein Vorbild war aber
immer Danny de Vito gewesen. Der hatte in etwa seine
Maße und war trotzdem ein Star!

Forster gönnte sich ein paar Minuten einen Tagtraum und döste auf seiner Veranda vor sich hin. Die Abendsonne im November war recht selten. Man sollte sie nutzen!

Er war gerade dabei, geruhsam ins Reich der Träume zu versinken, da klingelte das Telefon!

„So was Ärgerliches", brummte er vor sich hin, als er sich schwerfällig aus dem Sessel erhob.

Nach dem vierten Läuten hob Forster ab.
„Ja bitte?" sagte er schlechtgelaunt.

„Na, du Bücherwurm, wir müssen dringend schwätzen…" sagte eine tiefe Männerstimme am anderen Ende der Leitung.

„Was willst du, Herrmann?" fragte Forster.

„Keine Namen! Ich bin in 15 Minuten bei dir. Pfüäti."

Dann war aufgelegt worden. Forster war nicht begeistert, seinen früheren Spezl Herrmann Häuser wieder zu sehen, den er sofort an der Stimme wiedererkannt hatte. Häuser saß einige Jahre im Knast, weil er versucht hatte, gefälschte Banknoten, so genannte „Blüten" ins Ausland zu bringen. Scheinbar war seine Zeit im Gefängnis abgesessen oder er war aufgrund guter Führung eher entlassen worden. Forster hatte kein gutes Gefühl, Häuser zu sehen, aber hatte er denn eine Wahl?

Häuser war fast zwei Köpfe größer und ein Hüne von Mannsbild. Da muckte er nicht auf. Schweren Herzens wartete er auf die Ankunft Hausers…

5. KIDNAPPING

Pastor Mühlenfeld war ganz außer sich! Wo war seine treue Hermine? Alles rufen half nichts! Sie war nicht da!

Gemeinsam leuchteten sie noch das Randgebiet des Waldes ab. Traurig setzte sich Mühlenfeld in seinen Volvo, als er merkte, dass etwas unter dem Kissen raschelte, das auf dem Fahrersitz lag.

Er hob es an und ein orangefarbener Zettel kam zu Tage.

DER FRAU GEHT'S GUT
LÖS MEINE RÄTSEL
REHABILITIERE MOLAY
UND DU SIEHST SIE WIEDER
KEINE POLIZEI
SONST EXODUS
WWW

Mühlenfeld wurde zum ersten Mal in seinem Leben richtig wütend! Was bildete sich der Kerl eigentlich ein? Na, der sollte ihn kennenlernen!

Sie beschlossen, in Sebastians Wohnung zu fahren, da diese am Nähesten war.

Als jeder eine warme Tasse Tee zur Beruhigung in der Hand hatte, wurde beratschlagt, wie es jetzt weitergehen sollte.

„Was hat das mit den Perchten auf sich?" fragte Susanne.
„Das ist ein alter Volksbrauch in Bayern, Österreich und der Schweiz. Es hat in neuester Zeit auch mit dem Krampus zu tun, der der Gehilfe des Nikolaus ist", meinte Jens.

„Stimmt das so in etwa?" fragte er den Pastor.

„Nun, nicht so ganz, aber etwas schon. Ich hab jetzt den Kopf voll mit anderen Dingen. Zuerst müssen wir einmal herausbekommen, wer der Entführer ist, was er eigentlich will und ärgerlich ist, dass wir die Polizei heraushalten sollen."

Er schüttelte mehrfach den Kopf, als wolle er das Ganze einfach nicht wahr haben.

„Eigentlich sind wir ja schuld", stammelte Jens.
„Hätte Susanne Sie nie angerufen, wäre es nicht passiert..."

„Vielleicht war es auch Schicksal und der liebe Gott wollte es so", meinte der Pastor trotzig.

Alle schauten ihn an.

„Wie meinen Sie das denn jetzt, bitteschön?"
Susanne schaute ihm fragend ins Gesicht.

„Naja, vielleicht bin ich der Einzige, der die Fragen lösen kann und deshalb muss es so sein..."

Sebastian's Miene erhellte sich plötzlich!

„Dass ich darauf nicht eher gekommen bin! Mein Onkel Ferdinand, den alle nur Ferdl nennen, ist doch ein pensionierter Polizist. Vielleicht kann der uns helfen. Da er im Ruhestand ist, schalten wir dann ja die Polizei nicht ein. Was haltet ihr davon?"

Jens und Ecki strahlten.
Auch Mühlenfeld's Miene hellte sich auf.

„Ein Versuch wäre es wert. Wo wohnt dein Onkel Ferdl denn?" fragte der Pastor.

„Er ist von Kempten nach Memmingen gezogen, da er dort seine neue Frau fürs Leben gefunden hat und keinen Bock hatte, täglich zu pendeln. Wie praktisch, gell?"

„Gut, dann ruf ihn an und frage ihn, ob er etwas Zeit für dich hat. Sei zwanglos. Es darf nicht den Eindruck erwecken, dass du Angst oder Stress hast, meinst du, du bekommst es hin?" fragte Mühlenfeld.

„Mit links", meinte Sebastian.

Er holte sein altes Festnetztelefon hervor und wählte die Nummer seines Onkels.

„Griaß di", meldete er sich.

Dann ging das Gespräch etwa 5 Minuten lang hin und her und dann legte Sebastian schmunzelnd auf.

„Er hat wohl geahnt, dass etwas „im Busch ist", wie man so schön sagt. Er ist in 20 Minuten da."

„Bis Ferdl kommt, könnten wir eigentlich Näheres über Perchten und Krampusse erfahren. Wäre das in Ordnung, Herr Pastor? fragte Sebastian.

Mühlenfeld nickte. Also: Auf dem Zettel vom Baum stand:

PERCHTEN KOMMEN BALD
WERDEN GESCHEHEN WIEDER GUTMACHEN
AN DENEN DIE UNGLÜCK HERVORRIEFEN
NEHME SOLANGE DIE
BIS ALLES GERÄCHT IST
WWW

Vielleicht meint der Entführer mit „DIE" ja Hermine… Das ich da nicht eher drauf gekommen bin…"

„Aber was werden die Perchten wieder gutmachen?" fragte Jens.

„Ich denke", fing Mühlenfeld wieder an, „wir müssen tief in der Memminger oder Allgäuer Geschichte rumkruschteln. Perchten sind immer weiblich, wo hingegen die Krampusse männlich sind. Trotzdem haben beide eine entsetzliche Fratze, die an Dämonen aus der Hölle erinnern. Wäre ich jetzt katholisch, würde ich wohl ein Kruzifix schlagen, aber ich bitte lieber den lieben Gott im Geiste um Schutz. Lieber Erzengel Michael, beschütze uns bitte und auch meine geliebte Hermine", sagte er plötzlich.

Jens war der Erste, der sprach: „So liegt Ihnen an Hermine doch mehr, als Sie zugeben, oder?"

Mühlenfeld war den Tränen nah.
„Natürlich, Bua. Sie ist wie eine Schwester für mich. Aber ich wollte weiter über die Perchten reden. Der Name soll sich von PERCHTA ableiten, wurde mir einmal gesagt. Frau Perchta ist eigentlich niemand anderes als Frau Holle, die ihr ja alle aus dem Märchen kennt. Andererseits soll Frau Perchta auch identisch sein mit der germanischen Göttin Frigg oder Freya, die die Gemahlin von Odin sein soll. Aber zurück zu den Perchten: man ist sich nicht sicher, ob der Ursprung germanisch oder keltisch ist. Mich wundert nur, dass der Entführer jetzt schon mit den Perchten anfängt. Ihre Zeit ist erst im Dezember bzw. Januar. Genau genommen treten die Perchten in den Raunächten auf, also nach der Wintersonnenwende vom 21. auf den 22. Dezember bis zum 6. Januar."

„Wow! Was Sie alles wissen", sagte Ecki anerkennend.

„Aber: wie sollen die Perchten sich rächen? Gibt es da auch Überlieferungen?"

Mühlenfeld überlegte.
„Eine gute und berechtigte Frage. Moment, ich habe damals Seminare belegt über Mythen und Märchen. Ich habe bestimmt darüber etwas mitgeschrieben. Ich hole schnell den Ordner aus dem Kofferraum. Ich hatte ihn einer Eingebung folgend, mitgenommen."

Dann ging er nach draußen und kam sehr bald zurück.
„Recht frisch draußen", murmelte er.

„Ah! Da habe ich etwas", kam kurze Zeit später aus seinem Mund.
Der Pastor hatte etwas gefunden.

„Hört bitte zu: Perchten bestrafen Faulheit und belohnen Fleiß und Tugend. Ob das gemeint ist? Hmm, da steht ja noch etwas: Frau Perchtas Markenzeichen ist ihre riesige Nase, die einem Vogelschnabel ähnelt. Am 6. Januar soll sie durch die Lüfte fliegen. Sie und Knecht Ruprecht sollen eine und dieselbe Figur sein."

„Interessant, ich möchte…"
Weiter kam Sebastian nicht, denn es läutete an der Tür.
Er sprang auf und öffnete sie. Ferdl stand dort.
Es gab eine herzliche Umarmung.

Sebastian brachte seinen Onkel herein und nachdem sich alle vorgestellt hatten, weihte der Pastor den Kommissar a.D. in den Fall ein.
Nachdem er geendet hatte, war eine Sorgenfalte auf der Stirn von Ferdl zu sehen.

„So etwas Ungewöhnliches hab ich aber auch noch nie gehört", meinte er.

Sebastian mischte sich ein.
„Du, Ferdl, sollen wir den Typ wieder über die Memminger Zeitung kontaktieren? Vielleicht können die ja die Adresse rausrücken bei der Annoncen Annahme…"

Ferdl grinste leicht.

„Hast du schon mal was von Datenschutz gehört? Die Daten kann man bekommen, aber ohne die Kollegen offiziell einzuschalten, wird's schwierig…"

Der Pastor schaute Ferdl an.

„Ich wüsste etwas, das könnte klappen…"
In Windeseile erzählte er seinen Plan:

„Wir schalten eine Anzeige:

MOLAY !
HELFEN DIR
MELDE DICH

Es ist kurz vor 17 Uhr, vielleicht klappt's noch für morgen" sagte er.

Die Anwesenden nickten und der Pastor telefonierte.

„Es klappt gerade noch so. Glück gehabt."

„Gut, warten wir den morgigen Tag ab", sprach der Kommissar a.D.

Sie verabschiedeten sich für den Tag und der Kommissar a.D. nahm den Pastor in seinem Auto mit und der Volvo blieb auf dem Parkplatz der Basilika stehen...

6. Der Entführer meldet sich

„Endlich, Forster, schön dich wieder zu sehen", begrüßte Herrmann Häuser den früheren Spezl.

Forster reichte ihm die Hand. „Griaß di", sagte er kurz und knapp.

„Du wirst ja auch immer kleiner", spottete Häuser und sah von oben auf den kleineren Forster herab.

Das saß! Forster ging nicht darauf ein, sondern fragte kurz und knapp: „Was willst du von mir?"

„Ich brauche deinen Bunker für ein paar Tage. Frag nicht soviel. Je weniger du weißt, je besser für dich. Also: Geht das klar?" fragte Häuser mit einem schärferen Unterton.

Forster schluckte! Was blieb ihm anderes übrig?

„Gib mir deinen Schlüssel. Du musst gar nicht mitbekommen, was ich dort einlagere. Hast du etwa noch einen Ersatzschlüssel?"

Häuser schaute jetzt listig wie ein Fuchs.
„Ja, den habe ich. Moment, ich hole beide."
Häuser schaute in der Zwischenzeit in die Bücherei von Forster. Wirklich erstaunlich! Und dabei gut sortiert!
Häuser suchte, bis er den Buchstaben „T" fand.

„Ah, da hab ich ja schon, was ich gesucht habe! Braver Forster! Ich leihe mir mal ein Buch aus."
Forster kam gerade mit den beiden Schlüsseln zurück.
Er stutzte, als er den Titel des Buches sah.
„Jacques de Molay, letzter Großmeister der Templer" stand da.

„Bleib jetzt zu deiner eigenen Sicherheit hier, mein Freund. Dann geschieht dir auch nichts. Ich lagere jetzt meine „Ware" in deinem Bunker ein. Ich melde mich gleich, wenn du dich wieder rühren kannst."

Forster nickte. Dann verließ Häuser den Raum.
Forster traute sich nicht zu rühren, so sehr hatte ihn Häuser eingeschüchtert! Häuser ging zu seinem Auto. Dort lag die bewusstlose Hermine Klein. Er hatte ihr schon zweimal Chloroform gegeben. Vorsichtig legte er sie sich über die Schulter und trug sie in den Bunker. Dort war es sehr bequem. Es waren vier Schlafplätze vorhanden, genügend Trinkwasser, Lebensmittel und eine Chemietoilette.
Häuser legte sie auf ein Bett und deckte sie zu.
Einen orangefarbenen Zettel hinterließ er ihr:

WENN DEINE LEUTE
ALLES RICHTIG MACHEN
BIST DU BALD FREI
WWW

Dann verließ er den Bunker und schloss sorgfältig ab. Die beiden Schlüssel nahm er mit sich.

Zurück im Haus machte er Forster klar, dass er auf keinen Fall nachsehen darf und unter keinen Umständen die Polizei holen dürfe, sonst sei er ein toter Mann. Forster zuckte und nickte! In den letzten Minuten war er äußerlich um Jahre gealtert!

7. Memminger Tabernakel

Für den nächsten Morgen beschlossen die vier Studenten und die beiden Rentner, weder in die Uni zu gehen, noch anderweitig zu arbeiten.

Treffen für 10 Uhr morgens war beim „Luginsland" in Memmingen angesagt! Alle waren pünktlich! Jens holte die heutige Memminger Zeitung heraus.

„Unsere Anzeige steht drin und seine Neue auch."

„Lies bitte vor, Jens", sagte Sebastian.

KOMMT ZUM 2125951253
WWW

Der Pastor stutzte einen Moment und holte sein Numerologiebuch heraus.

„Gut, dass ich es eingepackt habe."

Dann schlug er die Buchstaben und Zahlenkombinationen auf.

Gemeinsam schrieben sie alle Möglichkeiten auf den Zettel.

„Sollen wir nicht lieber in den Park gehen? Hier fallen wir auf", meinte Ecki.

„Gleich, ich hab´s fast", meinte Mühlenfeld.
„Ah ja, so ein Schlitzohr, halleluja noch mal", gaukelte der Pastor.

„Er meint ein Tabernakel. Davon gibt's ja auch so wenige in Memmingen…"

Mühlenfeld war etwas sauer!

„Sollen wir uns jeder eine Kirche vornehmen?" fragte Susanne.

„Und ich nehm den Waldfriedhof und du den alten Friedhof in der Augsburgerstrasse, ja? sagte Jens zu Sebastian.

Sie einigten sich darauf, wer wo schauen sollte und verabredeten ein Treff um 12 Uhr wieder am „Luginsland".

Der „Luginsland" war der höchste Verteidigungsturm der Stadt Memmingen. Auf Betreiben Napoleons musste er 1806 zusammen mit vier weiteren Türmen abgebrochen werden. Nur die Grundmauern sind bis heute erhalten geblieben. Da Sebastian und Jens diesen Ort lieben, hatten sie sich durchgesetzt, dort ihr Treffen abzuhalten.

Sebastian staunte nicht schlecht, als er den Waldfriedhof betrat! Da waren ja viele Gräber, die man theoretisch auch in die Richtung Tabernakel eingruppieren konnte.

Doch dann kam das Häuschen, das ihm beschrieben worden war. Leicht schräg gegenüber des großen Kruzifixes. Dort war das Tabernakel-Häuschen. Sebastian umrundete es und fand nichts. Er betrat es und dank seiner Sensibilität spürte er sofort die positive Schwingung. Er setzte sich links hin und ließ seine Blicke wandern. Als er nach oben schaute, sah er einen orangefarbenen Zettel! Volltreffer!

Er kletterte vorsichtig auf den Sitz und dank seiner 1,90 Meter kam er geradeso an den Zettel heran.

Sherlock Holmes hätte wahrscheinlich kombiniert, dass der Täter entweder sehr groß war oder einen Stuhl, Hocker oder etwas anderes gehabt hatte, um dort hochzukommen. Sebastian glaubte, der Täter müsste in etwa seine Größe haben. Er kam schon 20 Minuten früher beim „Luginsland" an und stellte fest, dass alle schon da waren und nur auf ihn warteten.

„Hast du wenigstens Erfolg gehabt oder war die Suche für die Katz", meinte Jens.

Sebastian griff in seine Jacke und holte den Zettel hervor.
„Bingo!" sagte er freudig.

„Was steht drauf, Sebastian?" fragte Ecki.

„Ich weiß es selber nicht, hab nur zugesehen, dass ich wieder hierher komme."

Alle schauten gemeinsam auf den Zettel:

JACQUES DE MOLAY
SOLL HEILIG GESPROCHEN WERDEN
DAS KLAPPT NUR
WENN IHR DAS RÄTSEL
SEINES TODES LÖST
LUTHER WAR HIER
WUSSTE BESCHEID
SCHAPPELER AUCH
BRINGT ES ANS LICHT
19 TAGE ZEIT
SONST FRAU TOT
WWW

„Ein Verrückter!" schimpfte Ferdl.

„Oder ein Mitglied der Templer oder einer anderen Gruppierung!"
Während der Pastor das sagte, holte er eine Liste heraus.

„Ich möchte euch vorweg sagen, dass ich kein Verschwörungsfanatiker und dergleichen bin, aber ich habe hier eine Liste gestern mühsam zusammen getragen, die Verwicklungen, Feierlichkeiten und seltsame Dinge zeigen, die mit dieser ominösen Zahl 23 zusammen hängen, die der Kidnapper uns scheinbar aufoktroyieren will.

Als Pastor wurde mir langsam mulmig, denn dass 2 durch 3 ja bekanntlich 0,666 beträgt, ist hinlänglich bekannt, aber in diesem Zusammenhang fällt mir wieder die Johannes-Offenbarung und die Zahl des Teufels ein: 666. Also, dass hatte mir dann gereicht! Was will dieser Kidnapper überhaupt? Warum soll Molay´s Unschuld bewiesen werden?"

Ferdl schaute den Pastor von der Seite an.

„Also ihr Beruf in Ehren, Herr Pastor. Das mit der Johannes-Offenbarung verstehe ich ja noch, aber diese hanebüchene Umwandlung der 23... Das ist doch echt schräg! Oder glauben Sie allen Ernstes an eine Verschwörung? Ich bitte Sie!"
Ferdl hatte sich Luft gemacht!

„Ich möchte auch etwas dazu sagen", bemerkte Sebastian. „Ich war früher immer hübsch brav in der Kirche und habe eine Bibel dabei. Sozusagen als Schutz! Als ich konfirmiert wurde, zog ich den Spruch für mein Leben aus einem großen Hut. Was glaubt ihr, welcher es war? Psalm 23! Und der ist alles andere als Negativ!

Der HERR ist mein Hirte, mir wird nichts mangeln. Er weidet mich auf einer grünen Aue und führt mich zum frischen Wasser. Er erquicket meine Seele und führt mich auf rechter Straße um seines Namens willen. Und ob ich schon wanderte im finsteren Tal, fürchte ich kein Unglück; denn Du bist bei mir, dein Stecken und Stab trösten mich. Du bereitest vor mir einen Tisch im Angesicht meiner Feinde. Du salbest mein Haupt mit Öl und schenkest mir voll ein. Gutes und Barmherzigkeit werden mir folgen mein Leben lang, und ich werde bleiben im Hause des HERRN immerdar."

Sebastian hatte seine Luther Bibel wieder zugeklappt!

„Jetzt kann man sehen, dass alles Positiv und auch Negativ ausgelegt werden kann", sagte Ferdl.

„Gut, wir sollten schnell die Liste des Kidnappers genauer studieren: Martin Luther und Christoph Schappeler wussten also Bescheid. Bescheid von was?" meinte der Pastor.

„Wer Martin Luther ist, weiß ich, aber wer ist Christoph Schappeler?" fragte Susanne den Pastor.

Der schmunzelte.
„Nun, dass ist schließlich mein Wissensgebiet. Als evangelischer Pastor waren natürlich die „Helden" der Reformation Pflichtlektüre. Schappeler war als Reformator, Theologe und einer der Anführer und wahrscheinlich auch Mitbegründer des berühmten Bauernkrieges, der 1525 in Memmingen und Umland seinen Ursprung hatte. Schappeler, der eigentlich Schweizer war, predigte recht lange in Memmingen und das Volk liebte ihn. Er war der erste Prediger, der das

Abendmahl für beide Seiten einführte im Jahre 1524. Inwieweit Schappeler die Formulierungen für die 12 Artikel aufstellte, die während des Bauernkrieges vorgestellt wurden, ist noch unklar, jedenfalls half er Sebastian Lotzer, einem der Sprachrohre der Bauernbewegung."

„Der hieß wie ich? Cool!" meinte Sebastian lächelnd.

„So, jetzt wisst ihr einiges über Schappeler. Luther war auch einmal in Memmingen, das ist urkundlich erwähnt. Der Martin-Luther-Platz zeugt auch wohl daher. Wir müssen jetzt wohl recherchieren, was gemeint ist, dass Luther und Schappeler Bescheid wussten…"
Der Pastor holte erst einmal Luft!

„Vielleicht ist es ganz banal", sagte plötzlich Susanne.
„Was meinst du, Susi?" fragte Mühlenfeld.

„Naja, vielleicht ist bloß gemeint, dass Luther und Schappeler wussten, dass Molay unschuldig war. Nicht warum, sondern bloß, dass er es war."

Ferdl schaute sie an.
„Kann schon sein, aber wie soll uns dass jetzt weiterhelfen?"

Ecki lachte plötzlich laut los.

„Was ist denn in dich gefahren, Ecki?" fragte Susanne.

„Ich wüsste vielleicht jemanden, der uns weiter helfen kann. Mein alter Geschichtslehrer Herr Forster. Der hat die größte Sammlung alter Bücher, die ihr euch nur vorstellen könnt und er liebt das Mittelalter und so…"

„Wo wohnt der gute Mann denn?" fragte Sebastian.

„Tja, dass ist eine gute Frage. Damals hat er in der Nähe von Grönenbach gewohnt, irgendwo in der Nähe der Ruine Rothenstein. Vielleicht steht er ja im Telefonbuch."

„Haben wir gleich", sagte Jens und holte sein Handy raus.
Er wählte die Nummer der Auskunft und hielt Ecki das Handy hin.

„Grüß Gott! Ich benötige die Nummer von Heinrich Forster. Eventuell in Bad Grönenbach oder Umland. Danke ich warte."

Zwei Minuten später legte Ecki enttäuscht auf.

„Der hat wohl ne Geheimnummer, die haben nichts gespeichert."

„Die Adresse muss doch rauszukriegen sein", schimpfte Jens.

„Wenn ich auf meiner alten Wache anrufe, dürfte das kein Problem sein. Dazu muss ich aber zuhause sein. Ich werde das heute Abend machen."

Ferdl nickte, nachdem er das gesagt hatte.

„Warum aber 19 Tage noch?" fragte Ferdl kurz danach.

„Der „Spaß" begann am 23.11. vor 4 Tagen, alles klar?" meinte Sebastian.

„Der tickt nicht richtig! Der hat so´n „23-Wahn" würde ich sagen...

„Gut, die Zeit läuft! Versuchen wir mehr über Schappeler und Luther rauszukriegen. Vielleicht gibt es einen Zusammenhang zu dem Templer, wie heißt er, ach ja Molay..." meinte Ferdl.

„Ach Ferdl?" fragte Sebastian.

„Bitte nicht ausflippen, aber Molay war der 23. Templer Regent und ähem... am 13.10. wurde er verhaftet... auch 23..."

Dann sprang er blitzschnell auf, denn sein Onkel machte dezente Anzeichen, seinem Neffen eine „Watschn" zu geben...

Alle mussten trotz der angespannten Situation lachen...

„Wenn ich heute Nacht von der Zahl, du weißt schon welche, träume, zahlst du ab morgen die Schlaftabletten. Gell, Basti?" meinte er halb ernst, halb schmunzelnd.

Sebastian lächelte. So war er eben, sein Onkel...

8. GEFANGEN

Hermine Klein erwachte mit einem leichten Druck hinter der Stirn. Wo war sie? Der Raum kam ihr vollkommen fremd vor. Wie gut, dass eine kleine Lampe angeschaltet war. Sie schaute sich den Raum näher an. Das schien eine Art hermetisch abgeriegelter Raum zu sein. Trotzdem bekam sie Luft. War sie in einem Bunker? Ja, so etwas musste es sein. Vor sich an der Wand standen Behälter mit Wasser. Gierig ging sie dorthin und öffnete ein Behältnis.

Sie roch an dem Wasser. Es war scheinbar in Ordnung. Sie setzte an. Wie wunderbar schmeckte dieses kühle Nass! Es rann ihr die Kehle hinunter. Mit jedem Schluck Wasser kamen ihre Lebensgeister zurück und ihre Kopfschmerzen verschwanden. Die 58-jährige überlegte jetzt, wie sie hier wieder hinaus kommen konnte. Sollte sie rufen? Wer weiß, wer sie gefangen genommen hatte. Vielleicht verschlimmerte das nur ihre Lage. Sie blieb erst einmal ruhig und schaute sich genau um.

„Ein-Mann-Packungen" von der Bundeswehr entdeckte sie. Hastig machte sie sich daran, diese zu öffnen. Wie gut das Essen tat! Jetzt war sie geistig wieder vollständig hergerichtet! Nicht umsonst managte sie den ganzen Haushalt eines Pastors!

Der las oft Bücher über Survival, also Überleben in Krisensituationen…
War das jetzt nicht eine solche Krisensituation?

Hermine überlegte fieberhaft, was ihr aus dem Schmökern in den Survival-Büchern noch einfiel.

Feuer brauchte sie nicht suchen, denn ein Feuerzeug hatte sie immer in der Hosentasche. Sie rauchte zwar Gott sei Dank nicht, aber eine Kerze konnte man oft genug entzünden.

Vor ihr auf dem Tisch stand eine weiße Kerze, die etwa halb herunter gebrannt war.

Sie entzündete sie und faltete ihre Hände:
„Lieber Gott, ich bitte dich jetzt inständig, mir zu helfen und auch Erwin Mühlenfeld und seinen Freunden, mit denen wir zusammen das Geheimnis lösen wollen. Bitte beschütze alle guten Menschen und lasse die Bösen ihr Schicksal erleiden und finde bitte einen Weg, dass ich wieder unbehelligt hier heraus komme. Danke, lieber Gott. Amen!"

Nach dem Gebet fühlte sich Hermine wesentlich wohler. Sie öffnete noch eine Notration, trank einiges von dem Wasservorrat, nachdem sie sich überzeugt hatte, dass eine Toilette vorhanden war. Das Klo war zwar nichts Besonderes, aber Hauptsache war doch, dass sie ihre Notdurft verrichten konnte. Sie überlegte gerade, ob sie damit noch warten solle, da hörte sie entfernt Schritte, die aber langsam lauter wurden. So, als käme jemand näher!

Ihre Muskeln spannten sich an und sie ergriff den Schemel, der vor ihr stand und stellte sich hinter die Tür…

9. ÜBERRASCHUNGEN

Heinrich Forster überlegte krampfhaft, was er tun sollte. Er würde schier wahnsinnig werden, wenn er nur in seiner Bibliothek weiterhin sitzen blieb. Zum Lesen fehlte ihm die Ruhe! Was hatte Häuser nur so Wichtiges gehabt, dass er es in seinem Bunker verstecken musste? War es vielleicht Diebesgut? Forster überlegte hin und her. Jetzt war es schon stockdunkel. Häuser würde bestimmt nicht mehr heute Abend kommen.

Oder doch? Er ging langsam in den Flur und näherte sich der Treppe. Aus Angst, dass jemand von außen Licht sieht, ging er die Treppe im Dunkeln nach unten.

Jetzt brauchte er nur noch die 15 Meter bis zum Bunker überwinden. Er erinnerte sich, dass er dieses Haus eigentlich nur gekauft hatte, weil es einen Bunker hatte. Die Angst vor einem kommenden dritten Weltkrieg ließ in ihm die Idee wachsen, dass er einen brauchen würde. Auch viele seiner Bücher hätte er mit hinein genommen. 1000 Stück würden bestimmt passen…

Während er diesen Gedanken jetzt zur Seite schob, war er an der Tür angekommen. Vorsichtig lauschte er an der Tür. War da was zu hören?

Nein! Er bildete es sich bestimmt nur ein. Wer sollte auch darin sein. Forster drückte den Riegel herunter.

Der Bunker war verschlossen!

Was sollte er jetzt tun? Beide Schlüssel hatte Häuser mitgenommen. Plötzlich hatte er eine Idee!
Er hatte doch von jedem Schlüssel eine Nachfertigung machen lassen und die im Garten hinter dem Teich in einer Metallkiste vergraben.

Er musste wissen, was Häuser dort in seinem Bunker versteckt hatte. Vorsichtig ging Forster die Treppe hinaus und holte seine Taschenlampe. Wenig Licht machend, ging er in den Garten. Neben dem Teich lag eine kleine Schaufel. Mit dem „Schäufele" fing er an zu graben. Der Boden war schon etwas gefroren, sodass ihm die Arbeit schwer von der Hand ging. Endlich stieß er auf Metall!

Seine Schatulle! Er buddelte sie aus und holte den Schlüsselbund heraus, der in einer Plastik-Schutzfolie lag. Die Schatulle packte er wieder in die Erde und füllte das Loch so gut er konnte. Dann warf er Laub, das in der Nähe lag, über das Loch. Zufrieden mit seiner Arbeit, ging er wieder ins Haus. In seiner Bücherei betrachtete er erst einmal die Schlüssel. Gott sei Dank war keiner angerostet. Alle waren noch in einem tadellosen Zustand.
Forster schnappte sich den Bund und begann wieder die Kellertreppe im Dunkeln hinunter zu gehen. In der linken Hand die Taschenlampe und in der rechten Hand die Schlüssel, schlich er auf den Bunker zu. Er leuchtete kurz

mit der Taschenlampe, um den Schlüssel einfädeln zu können und knipste sie danach sofort wieder aus. Der Schlüssel drehte sich im Schloss. Es quietschte leicht. Dann betätigte Forster den Bügel und drückte ihn nach unten.

Die Tür zum Bunker öffnete sich...

10. STRESSFAKTOREN...

Häuser fing an zu grübeln...
Warum hatte er sich auf so ein riskantes Spiel
eingelassen?
Zuerst war es ja nur ein Spiel...
Zwar ein Rätselspiel, aber nichts Gefährliches.
Doch dann saß diese Frau so im Auto wie auf dem
Präsentierteller...

Es kam ihm jetzt im Nachhinein so vor, als wäre er
gelenkt worden. In seinem Kopf war plötzlich der Drang,
die Frau entführen zu müssen! Alles begann damit, dass
er im Fernsehen eine Dokumentation über die
Tempelritter, genannt die Templer, gesehen hatte.

Während er fasziniert vor dem Fernseher saß, hatte er
das Gefühl, dass eine unbekannte Energieform in seinem
Körper sich einnistete. Sein Kopf glühte plötzlich und er
hatte Schwierigkeiten, seine eigenen Gedanken noch zu
formulieren. Dann wurde diese Energieform liebevoll zur
Seite geräumt und eine fröhliche weibliche Energie
machte sich in seinem Kopf breit.
Vor seinem geistigen Auge entstanden Bilder von sehr
spärlich gekleideten Frauen, was ihn irritierte.

Dann war der ganze Spuk vorbei und er schaute die
Sendung weiter. Einige Minuten später sah er das Bild
eines Templers und stockte.

Den kannte er!

Die weibliche Stimme im Kopf war wieder da!

„Er ist unschuldig! Er hat niemanden verflucht! Er hat nur um göttliche Gerechtigkeit gerufen. Dass diese eintrat und Philipp der Schöne und auch der Papst im gleichen Jahr starben, war eben die göttliche Gerechtigkeit für diese Strafe der unerlaubten Scheiterhaufen-Verbrennung."

Die weibliche Stimme verabschiedete sich wieder.

Er sah sich noch den Rest der Sendung an und dann schaltete er den Fernseher aus.

Was war das denn eben gewesen? Erst die dominante männliche und dann die weiche weibliche Stimme...

Er lehnte sich zurück und wollte etwas Kühles trinken. Das Glas mit dem Wasser hatte er bereits in der Hand, da sagte die weibliche Stimme in seinem Kopf: „Gebe bitte eine halbe Zitrone hinein, dass tut dir gut."

Er nickte und wollte es ausführen, da kam die dominante männliche Stimme in seinem Kopf: „Quatsch, hör nicht auf sie. Trink etwas Hartes!"

Häuser war irritiert! Gab es da jetzt einen Machtkampf in seinem Kopf?

„Hör nicht auf ihn. Er schadet dir nur!"

Die weibliche Stimme säuselte liebevoll. So ging es eine Stunde lang hin und her, bis Häuser sich auf den Boden warf und brüllte:

„Lasst mich in Ruhe! Ich will nicht! Ich bin Herr über diesen Körper!"

Dann wälzte er sich auf der Erde und brüllte einige Minuten lang laut vor sich hin! Als er aufhörte zu rufen, war es ruhig! Er konnte nicht mehr! Erschöpft schaute er um sich! Niemand war im Raum! Häuser ging ins Badezimmer und stellte sich unter die Dusche.
Das tat gut! Die Stimmen waren weg! Nach der Erfrischung trocknete er sich ab und zog seinen Schlafanzug an, um ins Bett zu gehen.

Während er am Einschlafen war, sah er ein Teufelchen mit einem Engelchen kämpfen.

Er lächelte und schlief ein…

Der Kampf um seine Seele hatte begonnen!

11. Die Flucht

Hermine's Nerven waren extrem angespannt! Langsam
öffnete sich die Tür! Hermine hielt die Luft an!
Eine Gestalt betrat vorsichtig den Raum.

„Hallo?" sagte eine flüsternde männliche Stimme.

Hermine überlegte noch, ob sie stoppen sollte, doch ihr
Körper war bis aufs Äußerste gespannt. Krachend ließ sie
den Schemel auf den Eindringling nieder sausen.
Sie hatte ihn voll am Kopf getroffen!
Der Mann fiel ohne ein weiteres Wort zu sagen auf den
Boden.

„Oh Gott! Oh Gott!" meinte Hermine und beugte sich
nieder. „Hoffentlich lebt er noch!"

Sie ging in die Hocke und lauschte dem Atem des
Mannes. Er lebte und atmete! Ihr viel ein Stein vom
Herzen!

Sie schnappte sich die Taschenlampe, die auf der Erde
lag und leuchtete den Mann an. Er blutete nicht.

Sie überlegte kurz und entschied sich dann, den Raum
und das Haus zu verlassen. Hermine schaute sich den
Schlüsselbund an. Sollte sie den Mann einschließen?

Nach einigen Sekunden entschied sie sich dafür, ihn so zu lassen.

Schnell hastete sie die Treppe hoch. Einige Meter weiter betrat sie die riesige Bibliothek.

„Da legst di nieder!" entfuhr es ihr auf bayrisch.

Sie ärgerte sich, dass sie jetzt keine Möglichkeit zum kruschteln hatte und verließ in schnellster Zeit das Haus.

Draußen war es unangenehm kühl und Hermine schloss ihre gefütterte Jacke jetzt ganz.

Sie hastete los und erfreute sich, bald eine Hauptstraße zu finden. In der Ferne kam ein Auto.

Sie stellte sich auf die Straße und winkte wie verrückt!

Der Autofahrer sah plötzlich im Fernlichtkegel eine Frau stehen, die winkte und bremste so stark ab, wie es möglich war.

Eine Minute später saß die völlig erschöpfte Hermine Klein im Golf eines älteren Mannes, der gerade auf dem Weg Richtung Memmingen war, um seine Familie zu besuchen…

12. ENDLICH AUF „DU" UND „DU"

Ferdinand Rabe, der von seinem Neffen liebevoll „Ferdl" genannt wurde, überlegte, ob er nicht sofort ins Kommissariat nach Kempten fahren sollte.

Er war zwar schon pensioniert, aber so eine Gefälligkeit würden ihm seine alten Kollegen schon geben. Er hatte Pastor Mühlenfeld im Auto mitgenommen.

Ferdl schaute den Pastor an. Sollte er ihm das „Du" anbieten? Die beiden waren in einem ähnlichen Alter…

Er holte aus mit dem Sprechen, da war der Pastor plötzlich schneller…

„Ach, Ferdl…ich darf doch Ferdl sagen, oder? fragte er schmunzelnd.

Dieser grinste und verdrehte die Augen nach oben. „Die gleiche Idee hatte ich auch gerade. Es ist einfacher zu arbeiten, wenn man nicht an das förmliche „Sie" gebunden ist."

„Gut, ich heiße übrigens Erwin."

Mühlenfeld hielt ihm die Hand hin. Ferdl ergriff sie kurz und schüttelte sie fest. Dann fasste er das Lenkrad wieder mit beiden Händen an.

„Was machen wir denn jetzt?" fragte der Pastor.

„Ich überlegte gerade, ob wir doch schnell nach Kempten ins Kommissariat fahren."

Mühlenfeld kratzte sich am Ohr.

„Ich denke", sagte er dann, „wir sollten aber danach, wenn wir die Adresse des „Bücherwurms" Forster haben, beim Besuch dabei sein. Ich hab da so ne Ahnung, als ob der uns weiterhelfen könnte…"

Der Kommissar a.D. nickte. Er beschleunigte und fuhr auf der Autobahn weiter Richtung Kempten…

13. Im „Bunker"

Der Kommissar a.D. hatte die Adresse und Telefonnummer schnell herausbekommen. Zusammen mit Pastor Mühlenfeld trafen sich die beiden neuen Freunde in Bad Grönenbach mit den jungen Leuten.

Ferdl schaute seinen Neffen Sebastian an.
„Was gibt's da zu grinsen?"

„Nun, Ferdl, du hast eben Erwin zu Pastor Mühlenfeld gesagt, deshalb", antwortete dieser.

„Ja, wir sind zum unkomplizierteren „Du" übergegangen. Außerdem sind wir in etwa gleich alt."

Sebastian nickte.

„Aber führ euch jungen Leute gilt das nicht", meinte der Pastor, der alles mit angehört hatte und zeigte drohend seinen rechten Zeigefinger und schmunzelte dann.

„Alles paletti", sagte Jens lächelnd.

„Dann wollen wir euren alten Geschichtslehrer mal aufsuchen. Bin gespannt, ob der zuhause ist."

Ferdl hatte das so überzeugend gesagt, dass alle ohne Kommentar ihm folgten.

„Warum hast du nicht vorher angerufen?" fragte Sebastian seinen Onkel.

„Überraschungstaktik. Sollte er was damit zu tun haben..."

Weiter kam er nicht, denn sein Neffe schaute ihn völlig entgeistert an.

„Damit zu tun haben? Meinst du wirklich?"

„Vielleicht? Wer weiß..."

Sie standen bald an der Eingangstür und wollten gerade klingeln, als Ferdl als Erster sah, dass die Tür einen Spalt offen stand. Er läutete trotzdem und wartete.

„Hmm, hier stimmt was nicht", sinnierte er.

Vorsichtig öffnete er die Eingangstür und lugte hinein.

„Herr Forster? Sind Sie da?" rief er ins Haus hinein.

„Ich gehe hinein", meinte Sebastian. „Mich wird er wohl noch kennen."

Dann schritt er an dem verdutzten Onkel vorbei ins Haus.

Sebastian erreichte nach kurzer Zeit die Bibliothek und war überwältigt! Hunderte von Büchern, alle Regale randvoll gestopft mit Lesematerial. Ein Vermögen war hier angesammelt worden!

Die anderen warteten immer noch an der Eingangstür, während Sebastian weiter nach seinem alten Geschichtslehrer suchte. Er ging die Treppe zum Keller herab und sah von weitem die offene Tür zum „Bunker".

Sebastian schaute hinein und sah dort seinen Geschichtslehrer auf der Erde liegen…
Er stürmte aus dem Zimmer hinaus und rannte nach oben. Leicht außer Puste kam er an der Eingangstür an.

„Er liegt da unten und rührt sich nicht. Er hat eine Platzwunde und daneben liegt ein Schemel auf der Erde. Schnell lasst uns nachsehen!"
Das kam so hastig über seine Lippen, dass ihn keiner unterbrechen konnte.

„Rasch! Zeig uns den Weg!" Kommissar a.D. Rabe hatte das in einem Befehlston zu seinem Neffen gesagt.

Dieser nickte nur und lief voran. Als sie den „Bunker" betraten, lag dort in der Tat der Lehrer mit einer Platzwunde am Kopf auf dem Boden.

„Schnell, hole bitte Verbandsmaterial aus meinem Auto", sagte Ferdl zu Susanne.

Die nickte und rannte los.

Mühlenfeld beugte sich über Forster und kam kurze Zeit später erleichtert wieder hoch.

„Er lebt! Er ist nur ohnmächtig. Aber die Wunde an der Stirn muss schnell verbunden werden. Vielleicht sogar genäht. Wir sollten ihn ins Klinikum nach Memmingen fahren", schlug er vor.

„Und was dort als Grund für die Verletzung angeben?"

Jens schaute den Pastor skeptisch an.

„Wir können schlecht die ganze Geschichte denen im Krankenhaus erzählen, oder?"

„Wir schauen erst einmal, dass er am Kopf verbunden wird und wecken ihn auf. Vielleicht wissen wir dann mehr. Also los!"

Der Kommissar a.D. hatte gesehen, dass Susanne gerade mit dem Verbandskästchen zurück kam und kurze Zeit später war ein notdürftiger Verband angelegt, währenddessen Forster mit einem Stöhnen wach wurde. Irritiert schaute er die Gruppe an.

Als er Sebastian erblickte, stutzte er.

„Keine Angst, Herr Forster. Ich erkläre Ihnen gleich unser Hiersein, aber erst möchten wir wissen, wer Ihnen eins über gebraten hat."

Forster schaute irritiert. „Weiß nicht", stöhnte er.

Ferdl schaute ihn streng an. „Herr Forster, ich möchte mich kurz vorstellen. Kommissar Rabe aus Kempten. Wir ermitteln in einer Entführungssache. Wir brauchen ihre Hilfe!"

Forster zuckte merklich zusammen.
„Ich habe niemanden entführt! Häuser war es! Er hat mich gezwungen, meinen „Bunker" zur Verfügung zu stellen und hat die Schlüssel mitgenommen. Ich hatte aber noch Notschlüssel im Garten und so konnte ich nachsehen und als ich die Tür öffnete, wurde es plötzlich schwarz vor meinen Augen…"
Forster hatte wie in Panik ganz schnell hintereinander geredet.

Der Kommissar a.D. fasste sich mit der linken Hand an den Mund.
„Interessant! Sehr interessant!" sagte er grübelnd.

Die Freunde halfen ihrem alten Geschichtslehrer auf die Beine. Der Pastor erklärte ihm, dass er ins Krankenhaus gebracht werden müsste. Forster verneinte durch Kopfschütteln.

„Und was sag ich denen, woher ich die Platzwunde habe?"

„Sagen Sie doch einfach, dass sie gestürzt sind und ihnen provisorisch geholfen wurde." Sebastian hatte das so schnell dahingesagt.

„Wenn Häuser so gefährlich ist, sollte Herr Forster erst einmal in Sicherheit gebracht werden. Hier in Grönenbach wohnt mein Freund Dr. Sommer. Der praktiziert auch schon längst nicht mehr in München und ist vor einigen Jahren hergezogen. Den ruf ich an. Der kann entscheiden, ob Krankenhaus oder nicht."

Ferdl zückte sein Handy, ging nach oben und wählte die Nummer. Zwei Minuten später kam er wieder in den Keller.

„Peter, äh, ich meine Dr. Sommer, kommt in ein paar Minuten. Wir sollten mit Herrn Forster jetzt nach oben gehen."
Sie stützten ihn ab und langsam erreichten sie die Bibliothek. Wenige Minuten später kam Dr. Peter Sommer mit seinem alten BMW vorgefahren.

Ferdl stürzte heraus und empfing seinen alten Freund. Kurz erklärte er ihm das Wichtigste und dann nahm Dr. Sommer den Notverband ab und sah sich die Platzwunde an.

„Es muss nicht genäht werden. Es sieht schlimmer aus, als es ist. Aber lasst mich jetzt einmal einen vernünftigen Verband anlegen. Bitte richtet mir eine Schüssel mit warmem Wasser und einen Waschlappen oder so etwas her", sagte er.

Susanne, die schon die Küche entdeckt hatte, nickte und machte sich daran, das Gewünschte zu besorgen.

Kurz darauf kam sie mit einer Schüssel voll warmen Wassers und zwei Waschlappen in die Bücherei, wo Forster auf einem Stuhl saß.

Dr. Sommer verband alles ordnungsgemäß.

Die Freunde beratschlagten, was jetzt zu machen sei.

„Wir müssen Häuser finden und herausbekommen, wo Hermine ist", meinte der Pastor jetzt wieder leicht nervös.

„Oh je, Hermine, die haben wir in dem ganzen Trubel ja glatt vergessen", sagte Sebastian und schlug sich vor die Stirn.

„Sie könnte nach Hause unterwegs sein", meinte der Pastor jetzt.

„Ich werde direkt dort anrufen."

Er ließ sich das Handy vom Kommissar a.D. geben und wählte die eigene Nummer. Niemand ging an den Apparat und nach fünfmaligem Läuten sprang der Anrufbeantworter an.

Mühlenfeld legte auf. „Es ist nur der Anrufbeantworter angegangen. Entweder ist sie nicht daheim oder sie schläft vor lauter Erschöpfung."

Ferdl schaute seinen Freund Peter an.

„Kannst du Herrn Forster nachher mit zu dir nehmen? Da ist er vorläufig sicher."

Dr. Sommer nickte.

„Gut! Dann machen wir es so: Erwin und Sebastian fahren zur Pastorenwohnung und schauen nach dem Rechten. Wir forschen hier noch nach dem Zusammenhang von Schappeler und Luther zu den Templern."
Alle nickten.

Sebastian machte sich mit dem besorgten Pastor auf den Weg.

Ferdl schaute Forster an.
„Wissen Sie, wie Martin Luther und Schappeler zu den Templern standen? Ich weiß, dass ist eine schwierige Frage bei ihren Kopfschmerzen, aber wir wollen doch Häuser fangen."

Forster schaute ihn an.
„Mit den Tempelrittern habe ich mich zwar schon auseinandergesetzt, das musste ich ja zwangsläufig als Geschichtslehrer, aber alles weiß ich nicht darüber."

„Geht's denn mit Ihrem Kopf, Herr Forster?" fragte Susanne.

Forster nickte.

„Ich möchte auch, dass Häuser geschnappt wird. Er saß ja lange ein, aber jetzt ist er wieder frei und… gefährlich, wie Sie sehen."

„Es gibt da eine ominöse Zahl, die er verwendet. Die 23…"

Jens war mit diesem Satz herausgeplatzt.

„Es ist eine geheimnisvolle Zahl, wie die 13 auch", sagte Forster. „Viele wichtige Dinge sind mit dieser Zahl verbunden", meinte er weiter.

„Im Ernst?" fragte Ferdl und stutzte.

„Ja, ja, Herr Kommissar! Ein Freund von mir hatte sich von den Mormonen „bekehren" lassen und dann beschäftigte ich mich mit dem Gründer Joseph Smith, der so eine Art Erleuchtung gehabt haben soll. Ich weiß noch genau, dass mir sein Geburtsdatum sehr genau im Kopf blieb, denn er wurde einen Tag vor Heiligabend geboren. Am 23.12.1805."

„Das ist ja ein Ding", sprudelte Jens hervor.

„Dann hat er die 23 vorne und 23 hinten, denn 18 + 5 ergibt auch 23. Mannomann…"

„Also das ist ja jetzt wohl blanke Verschwörungstheorie, Jens", sagte Susanne und schaute ihn durchdringend an.

„Wer weiß, wer weiß…" antwortete Forster nur.

„Darauf bin ich noch gar nicht gekommen. Sei es drum! Wir wollen ja nicht Verschwörungstheorien wälzen, sondern Häuser wieder einfangen, oder?"

Kommissar a.D. Rabe erklärte Forster jetzt kurz, was sich alles abgespielt hatte und auch Dr. Sommer hörte interessiert zu.
„Ich habe da ein sehr interessantes Buch über Templer im Regal stehen. Da dürfte doch einiges Interessantes über diesen Jacques de Molay drinstehen. Moment! Dort drüben in der dritten Reihe links steht das Buch. Es müsste eines der ersten Bücher dort sein. Kann es bitte jemand holen?"

Susanne sprang auf und holte das Buch, das sie nach kurzem Suchen schnell fand.

Vorne auf dem Einband war ein Tempelritter zu sehen, der sich auf sein Schwert stützte.

„Das ist Molay!" rief Jens.

„Ich erkenne das Bild wieder. Ich hatte recherchiert. Ja, er ist es!"

„Fängt ja an, interessant zu werden", murmelte Forster und schlug das Buch auf.

14. Die Suche nach Hermine

Mühlenfeld und Sebastian fuhren recht flott. Schon nach etwa einer Viertelstunde hatten sie das Haus des Pastors erreicht. Nachdem dieser aufgeschlossen hatte, betraten sie das Haus.

Mühlenfeld hastete so schnell er konnte in den ersten Stock, wo seine Haushälterin wohnte. Alles war hübsch ordentlich aufgeräumt. Hermine Klein war aber nicht da!

Sie durchsuchten das ganze Haus und riefen nach ihr. Vergebens! Sie blieb verschwunden!

„Sollen wir die Polizei anrufen?" fragte Sebastian.

Der Pastor schüttelte den Kopf.
„Nein, zuerst deinen Onkel. Vielleicht gibt es Neuigkeiten."

Sebastian griff zum Telefonhörer und wählte die Nummer seines Onkels. Der war sehr schnell am Handy. Sie tauschten untereinander die Neuigkeiten aus und dann legte Sebastian wieder auf.

„Sie sind mit Herrn Forster am Schmökern und lesen gerade in einem Templer-Buch", sagte er zum Pastor.

„Wir sollten hier bleiben und noch warten, schlug Ferdl vor. Vielleicht kommt Hermine bald.“

„Ich habe keine Ruhe. Bleib du meinetwegen hier. Ich fahre rum und suche sie.“

„Da möchte ich aber mit.“

„Und wer ist dann hier, wenn Hermine kommt, mein junger Freund?“ meinte Mühlenfeld.

„Gut, ich halte die Stellung. Haben Sie Internetzugang, Herr Pastor? Dann könnte ich recherchieren.“

Der Pastor schüttelte den Kopf. „Leider nein! Tut mir leid!“

„Gut, dann werde ich andere sinnvolle Dinge tun, wie fernsehen, oder so…“

Schmunzelnd grinste er den Pastor an.

„So so, sinnvoll, aha…“

Dann drehte er sich um und verließ das Haus.

Erwin Mühlenfeld bestieg das Auto und fuhr einen anderen Weg Richtung Bad Grönenbach. Dabei musste er über Woringen fahren. Er hoffte, seine Hermine irgendwo unterwegs zu finden…

15. Glückliches Wiederfinden

Hermine war heilfroh, dass der nette Mann sie mitnahm. Als sie in Woringen ankamen, meinte er zu ihr: „Hier müssen Sie leider aussteigen, ich fahre nach Kronburg"

Hermine nickte. „Können Sie mich wenigstens an der Bushaltestelle rauslassen?"

Der Mann nickte. Und nach kurzer Fahrtzeit hatten sie besagte Haltestelle erreicht.

Hermine stieg aus und verabschiedete sich.

Sie schaute auf den Busfahrplan, wann der nächste Bus nach Memmingen fahren würde.

„Oh je", sagte sie. „Das dauert ja noch fast zwei Stunden. In der Zeit kann ich ja laufen."

Sie überlegte, ob sie dieses wirklich in die Tat umsetzen sollte, da hielt plötzlich neben ihr ein Auto.

Sie schaute und per Knopfdruck wurde das rechte Fenster geöffnet.

„Entschuldigen Sie", fragte eine Frauenstimme. „Ich suche diesen preiswerten Baumarkt in Memmingen."

Hermine´s Miene erhellte sich.

„Das ist meine Richtung. Ich kann es Ihnen zeigen, wenn ich mitfahren darf."

Die Frau hatte nichts dagegen und ließ Hermine einsteigen und mitfahren.

Nach einigen Minuten hatten sie Memmingen erreicht und Hermine stieg aus.

Sie überlegte, wie sie jetzt wieder nach Hause kommen sollte. Plötzlich sah sie eine Nachbarin und ging auf sie zu.

„Griaß di, Walburga. Kannst du mich mit nach Hause nehmen? Fährt grad kein Bus. Ist eine lange Geschichte."

Walburga nickte.

„Mein Mann hatte mir aufgetragen Kabelbinder zu kaufen. Er wollte irgendwas richten."

„Walburga?", fragte Hermine. „Ich müsste dringend noch auf die Toilette. Kannst du solange warten?"

Walburga bejahte es.

Hermine ging auf den Eingang zu, welcher sich automatisch öffnete. Rechts waren die Toiletten angebracht und sie betrat sie rasch.

Als sie wenige Minuten später erleichtert wieder heraus kam, stockte ihr fasst der Atem, denn ein entsetzlicher Gestank fand den Weg in Richtung ihrer Nase. Es roch wie verfaulte Eier.

Zwei Jugendliche hatten eine Stinkbombe im Eingangsbereich geworfen und es herrschte ein heilloses Durcheinander im Laden und davor.

Die Menschen rannten wirr durcheinander und ein großer Herr geriet ins Schwanken und fiel derart unglücklich, dass er Hermine mit sich zu Boden riss.

Sie schlug hart auf.

Der Mann entschuldigte sich höflich bei Hermine und meinte er sei auch nur geschubst worden.

Walburga, die alles mit angesehen hatte, sprang so schnell es ihre Füße ermöglichten aus ihrem Auto und half Hermine auf die Beine.

Als diese dann endlich auf dem Beifahrersitz saß, hatte sie Zeit, sich ihre Abschürfungen genauer anzusehen. Beide Hände waren aufgeschrammt, da sie sich geistesgegenwärtig beim Fallen abstützte und so ihr Gesicht schonen konnte.

Sie spürte jetzt auch, dass ihre Knie durch die Hose in Mitleidenschaft gezogen worden waren.

„Tut´s sehr weh, Hermine?", fragte Walburga mitfühlend.

„Umbandig!", sagte Hermine und ließ einen Schmerzens-Seufzer von sich.

„Was war denn überhaupt los, dass die Leute wie in Panik aus dem Laden liefen?"

„Ach, ein paar Lausebengels haben wohl eine Stinkbombe geworfen."

„Das ist ja allerhand", echauffierte sich Walburga. „Soll ich dich ins Krankenhaus fahren?"

„Nein. Nur so schnell wie möglich nach Hause. Pastor Mühlenfeld wartet sicherlich schon auf mich."

Gut zehn Minuten später erreichten sie das Haus des Pastors. Hermine stieg leicht wankend aus, bedankte sich noch einmal bei Walburga fürs herfahren und trat auf die Eingangstür zu.

Gerade in dem Moment, wo sie klingeln wollte, wurde die Tür von innen geöffnet.

Der erstaunte Sebastian schaute Hermine an. „Da sind Sie ja. Wir haben uns schon die größten Sorgen gemacht!"

Bevor Hermine antworten konnte, sah Sebastian die Wunden an den Händen und meinte wütend: „Hat der Saukerl Sie auch noch verletzt?"

Hermine verneinte mit ihrem Kopf. Dann betrat sie das Haus und ging in die Küche, um dort aus dem Arzneischränkchen, welches rechts an der Wand hing, die Flasche mit den Schwedenkräutern herauszuholen.

„Sebastian, hilfst du mir mal?", rief sie.

Der junge Student war sofort zur Stelle und gemeinsam verarzteten sie zuerst ihre ramponierten Hände und dann die angeschlagenen Knie.

Hermine war in diesem Augenblick heilfroh, Schwedenkräuter im Haus zu haben.

In dem Moment hörten sie, wie der Schlüssel ins Türschloss gesteckt und die Haustür geöffnet wurde.

War das ein freudiges Wiedersehen, als der Pastor seine Hermine sah. Sie musste alles haarklein erzählen, was ihr alles widerfahren war. Danach rief er die Freunde über Susi´s Handy an und beorderte sie zu sich.

16. Herrmann Häuser taucht wieder auf

Herrmann überlegte sich, was er jetzt tun sollte. Einerseits wollte er nur in Frieden leben, doch andererseits trieb ihn diese Stimme im Kopf immer weiter dazu, Dinge zu tun, die er eigentlich nicht wollte.

Begonnen hatte alles damit, dass er mit seinem Neffen Paul regelmäßig zum Geocaching gegangen war, um dem 13-jährigen Bub eine Freude zu machen. Als dieser dann seinen Onkel fragte, ob er ihm denn helfe würde einen eigenen Cache zu legen, war das Tüftler-Gen in Herrmann wieder zum Leben erwacht. Er hatte zuvor einige Jahre im Knast verbracht und wurde wegen guter Führung vorzeitig entlassen. Dort hatte er zwei Bücher gelesen, die er von der Stimme im Kopf mehr oder weniger aufgezwungen bekommen hatte. Beide beschäftigten sich mit den Kreuzzügen und Tempelrittern. Beim Ausbrüten der Raffinessen für den Geocache seines Neffen waren die Stimmen wieder da. Ab jetzt, wo Herrmann daran dachte, erschienen die dunkle Stimme der Versuchung und die liebliche Stimme der Warnung wieder.

„Stelle ihm eine Falle", sagte die dunkle Stimme.

Herrmann nickte und gehorchte.

Er konnte immer noch wie ein Wiesel auf Bäume klettern und so wählte er ein besonderes Prachtstück aus, um dort in schwindelerregender Höhe von 13 m eine Botschaft in Form eines Caches in einem kleinen gekauften Vogelhäuschen dort anzubringen. Danach setzte er wieder einen Text in die Memminger Zeitung, der wie folgt lautete:

MUTIG ODER FEIGE
FLINK WIE DAS WIESEL
DORT WO IHR WARD
322 SCHRITTE VORWÄRTS

Er lachte sich ins Fäustchen, als die dunkle Stimme ihm befahl, dort am nächsten Tag auf sie zu lauern...

17. Wagemutiges Abenteuer

Am nächsten Morgen hatte Erwin Mühlenfeld schon früh morgens die Memminger Zeitung, einer inneren Eingabe folgend, ausgiebig studiert.

Da sah er den Text von Herrmann Häuser. Er schaute auf die Uhr. Es war erst 5:50 Uhr. Ob er jetzt schon die Freunde wecken konnte?

Er entschied sich, Ferdl anzurufen.

Erstaunlicherweise war dieser schon beim zweiten Klingeln am Apparat und versprach, nur kurz zu frühstücken und dann Erwin abzuholen, um mit ihm nach Ottobeuren zu fahren. Ferdl läutete seinen Neffen aus dem Bett und so traf sich die ganze Schar auf dem Parkplatz vor der Basilika in Ottobeuren gegen 8:00 Uhr morgens.

„Ah, Basti, hast du Kletteräffchen-Turnschuhe an? neckte ihn Susanne liebevoll.

„Wieso klettern?", fragte dieser überrascht.

„Wohl noch nicht die neue Botschaft gelesen, gell?" meinte Susi daraufhin.

„Nicht wirklich", antwortete Sebastian.

Wenn du Pech hast, musst du wieder kraxeln."

„Steht das so im Text?"

„Nicht wirklich", sagte Ecki und lachte.

Sie beratschlagten, es noch einmal im Bannwald zu probieren und zwar von der Stelle aus, wo Sebastian das letzte Mal gekraxelt war.

Susi hatte geistesgegenwärtig die Koordinaten in ihr Navi eingegeben, sodass sie die Stelle gut wiederfinden konnten.

„Lasst uns die 322 Schritte von hier aus abschreiten", meinte Mühlenfeld.

Sie bejahten es und Sebastian, der die längsten Beine hatte, maß aus. Hinter der nächsten Biegung sah er einen großen Baum, der in etwa genau bei 322 Schritten erreicht wurde.

„Das ist er wohl", meinte Sebastian.

„Sag ich doch, klettern", grinste Susi.

Sebastian einigte sich, hier auf dieses Prachtexemplar eines Baumes zu klettern. Als er etwa auf 8 m hoch war, rief er hinunter: „Bisher ist noch nichts. Soll ich weitersuchen?"

Ein „Ja" wurde ihm mit dem Daumen signalisiert.

Sebastian wollte gerade weiterklettern, als unten auf der Erde lautes Sprechen zu hören war.
Eine Gruppe junger Leute stand vor dem Baum.
Sebastian entschied sich, erst einmal wieder hinunterzuklettern.

„Seid ihr auch Geocacher?" fragte ein etwa 25-jähriger junger Mann die Freunde.

„Wie kommst du darauf?" fragte Susi.

„Blöde Frage! Erstens hast du ein eTrex in der Hand und zweitens: Wer klettert schon freiwillig auf hohe Bäume, wenn er nicht gerade einen Cache sucht."

Susi antwortete schlagfertig: „Ist ein T-5er. Ziemlich hoch oben."

„Ich weiß, dass hier ein Cache liegt, aber der ist doch nur T-2, oder?"

Die Freunde wussten jetzt nicht wie sie sich verhalten sollten. Die Antwort nahm ihnen ein anderer aus der Gruppe der jungen Leute ab.

„Ich hab ihn! Hier hinter der Wurzel war er versteckt. Ist ein Filmdöschen."

„Wollt ihr euch auch einloggen?" fragte der junge Mann von vorhin.

Die Freunde bejahten und alle loggten sich ins Logbuch ein. Nachdem die Freunde keine Anstalten machten weiterzugehen, fragten die Cacher, was es sich mit dem T-5er auf sich hätte.
„Ist eine private Sache. Hat nichts mit Geocaching zu tun", meinte Ecki abfällig.

Der junge Mann, der eben gefragt hatte, ergriff schnell sein Fernglas, welches er umzuhängen hatte und schaute an den Baum in die Höhe. Plötzlich sah er das Vogelhäuschen und rief nur: „Ein geheimer Cache!"

Danach sprang er wie von der Tarantel gestochen auf den Baum zu und begann in Windeseile hochzuklettern. Sebastian folgte ihm nachdem er den ersten Schrecken überwunden hatte. Trotzdem schaffte es der fremde junge Mann vor Sebastian das Vogelhäuschen zu erreichen. Er griff beherzt hinein und schrie plötzlich laut auf! Seine Hand kam mit einer Mausefalle an den Fingern wieder zum Vorschein.

„Schweinerei!" schrie er erbost.

Er packte die Mausefalle mit der anderen Hand und warf sie den Baum hinab. Danach griff er wieder in das Vogelhäuschen hinein und holte ein Döschen hervor.

„Wusste ich es doch! Was für ein Fiesling!"

Sebastian nahm ihm das Döschen weg und öffnete es. Innen war ein Zettel.

„Das ist eine private Botschaft für uns," sagte er dem Cacher, der in unmittelbarer Nähe bei ihm stand.

„Ja klar… beweis es mir," gab dieser als Antwort zurück.

Sebastian überlegte kurz und dann hielt er ihm den Zettel vor die Nase.

**MIR IST ES ERNST
MOLAY MUSS FREI WERDEN
EURE FREUNDIN WOLLT IHR DOCH WIEDERSEHEN
WWW**

Der junge Cacher schaute irritiert!

„Habt ihr da eine Entführung aufzudecken?" fragte er Sebastian.

„Geht dich nichts an, ist unsere Angelegenheit."

„Und wenn ihr die Bullen einschaltet? Ist doch kein harmloser Scherz mehr…"

„Schau mal nach unten, Digga, da steht Hauptkommissar Rabe, der hilft uns."

Der Cacher bekam große Augen und machte ein Entschuldigungszeichen…

„Alles klar, wollte nur helfen. Ich kletter dann wieder runter..“
Unten nahm ihn Kommissar a.d. Rabe in Empfang und unterhielt sich kurz mit ihm.
Die jungen Cacher gingen dann ihres Weges.

„Was hast du ihm gesagt, Ferdl?“ fragte Sebastian, als er wieder unten war.

„Dass er nichts ausplaudern darf, weil er sonst die Ermittlungen der Polizei gefährden könnte.“
Die Freunde hatten mitgehört und nickten einstimmig.

Nachdem der Zettel allseits gelesen worden war, meinte der Pastor:

„Es sieht so aus, dass Häuser noch denkt, er hätte Hermine in seiner Gewalt. Das nutzen wir aus und stellen ihm eine Falle.“

„Das wollte ich auch gerade sagen“, meinte der Hauptkommissar a.D.

„Lasst uns sofort zum „Bunker“ fahren.

„Und wenn Häuser uns jetzt beobachtet?“ meinte Susanne.

„Stimmt, daran hab ich gerade nicht gedacht. Wir fahren ja mit zwei Autos. Ich fahre mit Sebastian zum „Bunker" und ihr lenkt Häuser ab und fahrt gemütlich einen größeren Umweg und achtet auf Fahrzeuge, die euch folgen. Sebastian und ich warten am Waldrand noch einige Minuten bis ihr weg seid und fahren dann auf dem schnellsten Weg zum „Bunker".

Der Vorschlag wurde angenommen.

In der Tat war es genau so, wie die Freunde vermutet hatten. Susanne fuhr, der Pastor saß auf dem Nebensitz und Ecki und Jens hinten. Nach kurzer Zeit merkten sie, dass ihnen ein Auto folgte. Susanne fuhr absichtlich unlogische Wege und das Auto folgte ihnen.

„Bingo! Das muss Häuser sein," meinte sie und fuhr weiter schöne Umwege.

Sebastian und sein Onkel Ferdl fuhren aber so schnell es möglich war zum „Bunker", um ihre Falle vorzubereiten.

18. Die Falle

Häuser war überrascht, dass die Freunde vom Pastor so eine komische Route fuhren, aber er folgte ihnen mit einem deutlichen Abstand, damit sie ja kein Verdacht schöpfen konnten.

Einige Minuten später wurde er aber doch nervös und rief Heinrich´s Nummer mit dem Handy an. Nach dem siebten Klingeln ging der Anrufbeantworter an und Herrmann sagte nur nach dem Piepton: Wo bist du?" Dann legte er wieder auf.
In den nächsten fünf Minuten probierte er es mehrere Male und jedes Mal war nur der Anrufbeantworter dran.

Ihm reichte es jetzt! Er beendete die Verfolgungsfahrt, weil er plötzlich ein komisches Gefühl verspürte und wendete, um auf direktem Weg zu Heinrich Forster zu fahren, um selbst nach dem Rechten zu sehen.

Ecki merkte als Erster, dass Häuser stoppte, drehte und in die andere Richtung fuhr, weil er ja permanent aus dem Rückfenster schaute.

„Der hat was gemerkt," sagte er nach vorne. „Ich kurbel das Fenster runter und ruf den Hauptkommissar an, damit die beiden Bescheid wissen."

Der Hauptkommissar a.D. hatte die Nachricht erhalten.

Sebastian und er waren gerade bei Heinrich´s Haus angekommen.
„Wir müssen jetzt Vorkehrungen treffen, damit er uns in die Falle geht, Sebastian," sagte er.

„Er wird garantiert bald herkommen, um nach seiner Geisel zu sehen"
Sebastian hatte das mit Überzeugung gesagt.

Eine gute Viertelstunde geschah nichts, doch dann hörten sie ein Auto kommen.

„Das könnte er sein," meinte der Kommissar a.D.
Er zog eine Pistole hervor, die man legal kaufen konnte und hielt sie im Anschlag.

Häuser klingelte zweimal und als niemand öffnete, nahm er das mitgebrachte Brecheisen zur Hand und innerhalb einer Minute war die Tür offen.

„Typisch, Survivalfreak, dieser Heinrich Forster," sagte er leise vor sich hin. „Angst vor einem dritten Weltkrieg haben, aber eine Tür als Eingangstür, die jeder Knacki in einer Minute öffnen kann."

Häuser schlich leise nach unten und ging zum „Bunker". Er versuchte die Tür zu öffnen. Sie war abgeschlossen!

Der Kommissar a.D. hatte gestern in weiser Vorausahnung darauf bestanden, dass die Tür wieder verschlossen werden sollte.

Häuser holte den passenden Schlüssel heraus und sagte leise: „Kein Mucks! Ich komme jetzt rein! Wenn du schreist, schieße ich!"

Dann öffnete er die Tür und knipste das Licht an. Er war noch verwundert, warum es im „Bunker" dunkel war, da ging alles ganz schnell!

Ferdl hatte sich ganz leise hinter Häuser angeschlichen und ihn jetzt mit einem gewaltigen Schubser in den Bunker befördert! Da der Schlüssel noch außen steckte, riss er sofort die gewaltige Tür zu und schloss ab. Häuser war überlistet worden und gefangen!

Der Kommissar a.D. rief die Freunde an und sie trudelten nach einigen Minuten auch ein und dann wurde beratschlagt, wie es jetzt weitergehen sollte.

19. Welch eine Aufregung!

Nachdem Häuser realisiert hatte, was geschehen war, meinte er zuerst, Heinrich Forster hätte ihn überlistet und schrie wütend: „Warte Forster, wenn ich dich zu fassen kriege! Mach sofort auf, sonst wird deine Lage immer schlimmer!"

Doch anstatt einer Antwort von Heinrich Forster zu erhalten, klang plötzlich die tiefe Stimme des Kommissar a.D. durch die Tür!

„Machen Sie mal halblang, Herr Häuser! Wir wissen wer Sie sind und was Sie der armen Hermine angetan haben. Hier spricht Kommissar Rabe. Meine Kollegen werden bald kommen und Sie mitnehmen."

Herrmann Häuser schluckte hörbar!

„Das ist alles ein Missverständnis! Ich bin unschuldig! Außerdem muss ich dringend nach Kempten! Mein Neffe ist in eine Verschwörung oder so verwickelt, das ist gefährlich!"

Der Pastor Mühlenfeld war beim Wort Verschwörung hellhörig geworden.

„Erzählen Sie mal, mein Bester," sagte er sanft. „Hier ist Pastor Mühlenfeld. Vielleicht kann ich Ihnen helfen. Ich habe schließlich ihr Molay Rätsel gelöst."

„Molay?" Ah! Sie waren das! Ja, ich habe gestern Abend zufällig meinen Neffen belauscht und die haben was Geheimnisvolles vor."

Pastor Mühlenfeld ließ sich jetzt alles von Herrmann erzählen, nachdem ihm Ferdl gesagt hatte, dass sich das vielleicht strafmildernd auf seine Situation auswirken könnte.

Der gute Herrmann willigte ein und sagte alles bis ins kleinste Detail, was geschehen war, wie er zu Molay kam und was er im Haus seiner Schwester gehört hatte.

Er begann zu erzählen:

„Ich war nach Kempten gefahren. Meine Schwester Paula wohnte in einem alten Aussiedlerhof außerhalb der Stadt und dort wollte ich erst einmal zur Ruhe kommen. Sie hatte mir eine kleine Einliegerwohnung zur Verfügung gestellt und dahin zog es mich jetzt. Paulas Sohn Rolf, also mein Neffe, der ein Freund von abenteuerlichen Geschichten und Mystik war, hatte mir einige interessante Berichte aus dem Internet ausgedruckt und die wollte ich jetzt lesen, um auf andere Gedanken zu kommen.

Doch kaum war ich angekommen, hörte ich aus Rolf´s Zimmer verschiedene Geräusche.

Scheinbar hatte er Besuch und da wollte ich natürlich nicht stören.

Also schlich ich so leise wie möglich an Rolf´s Zimmer vorbei, bis ich plötzlich das Wort „Geheimnis" vernahm. Ich blieb abrupt stehen und wurde neugierig. Ich lauschte sehr angestrengt, aber ich hörte nur einzelne Worte, die scheinbar keinen Sinn ergaben. Das Wort „Grünten" fiel öfter. Gut, den berühmten Berg im Allgäu kannte ich natürlich recht gut.

Dann vernahm ich erneut das Wort „Geheimnis" und „es hat noch keiner entdeckt". Meine Neugier war jetzt natürlich vollends geweckt!

Als die Worte „Pfüäti" und „Guts Nächtle" kamen, ging ich schnell weiter, denn ich wollte natürlich nicht als Lauscher ertappt werden. Schließlich war ich ja nur Gast im Haus meiner Schwester!

Aus sicherer Entfernung sah ich dann, wie ein junges Mädel und ein junger Mann das Haus verließen und mit ihren Fahrrädern wegfuhren.

Ich betrat dann nach kurzer Zeit das Haus und sah, dass Paula und ihr Sohn Rolf gerade anfingen, das Abendessen vorzubereiten.

„Griaß euch," sagte ich zu den beiden Verwandten.

„Darf ich auch mitessen? Sieht nach ner zünftigen Brotzeit aus…"

„Hock di hi," sagte Paula und deutete auf einen Stuhl,
auf den ich mich setzen sollte...
Ich nickte und griff beim Essen, nach einem kurzen
Dankesgebet, welches Paula gesprochen hatte, beherzt
zu.

Nach etwa einer halben Stunde verabschiedete ich mich
und ging in meine kleine, zur Verfügung gestellte,
Wohnung. Meine kleine Toilette schloss direkt vis-a-vis
an die Gästetoilette von Paula an und so hörte ich
zufällig durch die Wand, da dort ein Lüftungsgitter war -
wie Rolf, auf dem Klo sitzend, mit jemandem
telefonierte.

„Um wie viel Uhr morgen?" fragte Rolf nochmal.
„Ja, schon gut... Ich bin vorsichtig und achte darauf, dass
mir niemand folgt..."

Dann hatte er aufgelegt.

Sie können sich sicher vorstellen, dass ich jetzt mehr als
nur neugierig geworden war. Ich wüsste nur zu gern,
was die Jugendlichen da so Geheimnisvolles vorhatten.
Am nächsten Tag wollte ich unbedingt hinter Rolf
herschleichen und mitbekommen, was dieser vorhatte,
aber das geht ja jetzt nicht mehr, da Sie mich gefangen
genommen haben. Das ist die absolute Wahrheit, die ich
erzählt habe..

Ferdl versprach ihm, der Sache nachzugehen und noch
nicht die Polizei zu holen. Sollte etwas an der Sache dran

sein und Schlimmeres verhütet werden können, würde
es sich zeigen, was dann mit Herrmann Häuser
geschehe.
Sie sagten ihm, er müsse im „Bunker" erst einmal vorlieb
nehmen und dass es mit Heinrich Forster abgesprochen
sei. Da genügend Essen und Trinken vorhanden sei, wäre
es besser, als auf der Polizeistation.

Herrmann Häuser war einverstanden.
Die Studenten fuhren mit Ferdl in einem Auto nach
Kempten, um der Sache nachzugehen und der Pastor
hielt zusammen mit dem inzwischen wiedergekehrten
Heinrich Forster Wache bei Häuser.

20. Das nächste Abenteuer beginnt!

Der Tag war schon weit fortgeschritten!
Sebastian und Jens hatten sich in einer Entfernung von
50 Metern hinter einem Busch versteckt und warteten
darauf, dass Rolf Müller, der Neffe von Herrmann
Häuser, das Haus verließ. Herrmann hatte seinen Neffen
Rolf genau beschrieben. Die beiden Freunde nickten sich
zu und ließen Rolf einen Vorsprung, um ihm dann zu
folgen.

Glücklicherweise ging er zu Fuß, sodass sie ihm gut
folgen konnten.
Nach etwa 500 Metern bog er links in einen Feldweg ein.
Die beiden Freunde gingen jetzt zügiger, um nicht den
Anschluss zu verlieren.
Als sie beim Feldweg ankamen, sahen sie noch, wie Rolf
in etwa 100 Meter Entfernung in einen roten VW Käfer
einstieg.
Jens rief Ferdl über das Handy an und dieser startete das
Auto, das nur etwa 500 Meter entfernt geparkt hatte.
Die beiden Studenten waren schnell eingestiegen und so
konnten sie den Käfer vor sich in einiger Entfernung
ausmachen.

Es dunkelte jetzt schon und Ferdl machte das Licht an.
Auch der Käfer fuhr jetzt mit Licht.

So ging es einige Zeit weiter, bis sie nach etwa einer halben Stunde Fahrtzeit am Fuße des Berges Grünten waren.

Da dort der Käfer geparkt wurde, suchte sich Ferdl auch in der Nähe einen kostenlosen Parkplatz.

Aus dem Käfer waren drei junge Leute ausgestiegen. Rolf war daran zu erkennen, dass er schon etwas mehr auf den Rippen hatte und langsamer als die anderen beiden jungen Leute bergauf ging.

Ferdl und die Studenten hatten keine Mühe, mit gewissem Abstand, ihnen zu folgen.

Der Vollmond rückte immer näher!
Der Weg zum Grünten hinauf war recht beschwerlich!

Rolfs Freund, Jonas Seiber, war 18 Jahre alt und sehr gut durchtrainiert.

Seine Freundin Maria Schneider, die erst 17 Lenze zählte, war schlank und grazil.

Nur dumm, dass der Dritte im Bunde, Rolf, ihr alter Kumpel aus Schulzeiten mit mindestens 20 kg Übergewicht recht laut durch die Dunkelheit stampfte und dabei hörbar keuchte.

„Pssst! Sei leise," flüstert Jonas zu Rolf.

„Ja, ist ja schon gut," murmelte dieser.
„Ist kein Zuckerlecken...hier hoch..."

Die beiden Freunde waren stramm vorangegangen und Rolf kam schlecht nach und wollte laut schimpfen, doch Jonas war ihm ins Wort gefallen.

Gemeinsam waren sie auf dem Weg zu dem ultimativen Geheimnis, nahe einer Höhle von der sie gehört hatten. Sie sollte auf dem Berg Grünten in einem verwegenen, schlecht zugänglichen Teil sein. Immer wieder leuchteten sie mit ihrer Taschenlampe vor sich her. Das ganze „Geheimnis-Spiel" ging jetzt schon drei Wochen. Täglich mussten Fragen gelöst werden und nur wer sie richtig beantwortete, kam eine Runde weiter. So kam es, dass dank Rolf´s Hilfe die Freunde ins Finale kamen. Die finalen Koordinaten wurden ihnen aber erst dann mitgeteilt, nachdem sie auch die letzte und entscheidende Frage richtig beantwortet hatten. Rolf, der sich mit 80er Jahre TV Serien bestens auskannte, wusste das Ergebnis sofort. Die Lösung war das Wort: MAC GYVER. Er gab es ins Programm ein und so bekamen sie dann die langersehnten GPS Daten.

Jens musste leicht hüsteln. Jonas ermahnte Rolf noch einmal leise zu sein, damit sie niemand hörte.

Rolf dachte noch bei sich, wie paradox das doch eigentlich sei, da sie ja mit ihren Taschenlampen leuchteten...

Sollte Jonas doch den Anführer spielen, wenn er unbedingt wollte... Er würde ihm gern sein Navi geben, damit dieser vorgehen konnte.

Der Grünten zeigte sich sehr düster und mysteriös.

„Da! Da vorne ist etwas! Das Navi zeigt an, dass es nur noch fünf Meter sind..."

Jonas war ganz euphorisch!

„Wo? Wo? Ich sehe nichts," antwortete Rolf.

„Sieh doch, da vorne. Dort ist der Baumstumpf und daneben der entwurzelte Baum. Da muss es sein. Das Navi zeigt hier hin!"
Sie leuchteten das Ganze ab, fanden aber nichts.

„Da ist nichts," sagte Rolf und schnaufte.

„Du Depp! Das ist natürlich getarnt. Lasst uns auch die unmittelbare Umgebung absuchen," warf Maria flüsternd ein.

Jonas wackelte jetzt an jedem größeren Stein herum, der da rum lag. Plötzlich ließ sich ein großer Stein scheinbar viel zu leicht bewegen. Er war aber trotzdem noch recht schwer. Nur mühsam gelang es den Dreien, ihn gemeinsam ein Stück zur Seite zu schieben. Dort lag das Kästchen! Der geheime Cache, um den so ein Wirbel gemacht worden war, lag vor ihnen!"

Wir sind die Ersten! Wie geil ich das denn! Maria konnte ihre Freude kaum zurückhalten!

Wir haben den „FTF" beim schwersten Cache des Jahres!"

„Wir werden gleich sehen, ob sich schon welche vor uns eingetragen haben", meinte Rolf.

Er öffnete die Dose und der Block zum Eintragen war leer. Genussvoll trugen sie ihre Geocaching Namen ein.

21. FINALE

Sebastian, Jens und Ferdl hatten sich mittlerweile angeschlichen. Ferdl, der Hauptkommissar a.D. leuchtete plötzlich die drei jungen Leute an und sagte mit lauter Stimme:

„Hier ist Hauptkommissar Rabe. Was machen sie denn da?"

Die drei jungen Geocacher zuckten merklich zusammen!

„Wir cachen nur, Herr Kommissar. Nichts Verbotenes!"

Sebastian und Jens schauten sich an.

„Das sind Cacher, Ferdl," meinte Sebastian.

„Cool," meinte Jens, nachdem sie von den drei jungen Leuten über dieses „Geheimnis" aufgeklärt worden waren.

„Können wir uns als „STF" eintragen? Hat doch auch was…"

Da mussten alle herzhaft lachen.

*

Der Kommissar räusperte sich: „Könnt ihr einen älteren Herrn mal darüber aufklären, was „FTF" und „STF" bedeuten?"

Jens grinste und meinte dann: „Das ist Cacher-Sprache und bedeutet: „First time found" und „Second time found", also kurz übersetzt: Als Erster, bzw. als Zweiter gefunden."
Kommissar a.D. Rabe deutete als Dank für diese aufschlussreiche Antwort eine Verneigung an.

Wieder daheim beratschlagten sie, was denn nun mit Herrmann Häuser geschehen sollte und sie kamen zu dem Entschluss, dass er sich in die Obhut von guten Therapeuten begeben sollte. Er hatte dabei großes Glück, denn Hermine sah von einer Strafanzeige ab.

„Jetzt, da der Fall gelöst ist, sollten wir wieder regelmäßig unsere Mittelalter-Rollenspiele stattfinden lassen, oder?" meinte Sebastian.

„Aber das Cachen ist auch supergeil! Ich hab schon ne coole Runde hier in der Nähe gefunden, die wir noch nicht kennen…"

Die Freunde lachten!

ƐNDƐ